內衣女孩任你擺布
Lingerie girl wo okini mesu mama
Presented by Hanama Tomo
Illustration:sune
Volume
3
花間 燈
絵：sune

花間燈
絵：sune
內衣女孩
任你擺布 3
Lingerie girl wo okini mesu mama
Presented by Hanama Tomo
Illustration:sune

「總之，先玩點什麼吧？」

「我有個提議！
我想打沙灘排球！」
Lingerie girl
wo
okini mesu mama 3

「那是……」

Lingerie girl
wo
okini mesu mama 3

「啊、惠太學長！
那邊有可麗餅的餐車！」
Lingerie girl
wo
okini mesu mama 3

CONTENTS

序章

「——考慮到透氣這點，不穿內褲或許才是最好的吧？」

七月中旬，某天平日的放學時間。

惠太身穿制服走在回家路上，對著同樣身穿制服，拿著學生書包的澪如此問道。

「我實在沒什麼興趣回答，你沒事突然扯什麼東西啊？」

「沒有啦，我只是忽然想到。接下來的季節，穿內衣會悶熱這個難題將變得越來越嚴重，說到底只要不穿內褲，或許就不用擔心這個問題。」

「所以乾脆不穿內褲？」

「水野同學妳覺得呢？」

「還我覺得哩……認真說，不穿內褲反而無法吸汗，這樣才更困擾吧。」

「原來如此，不穿裙子的我的確無法理解這類困擾。」

「要是浦島同學穿裙子，我肯定會躲你躲得遠遠的。」

「那麼，下次來實驗看看吧。」

「實驗？」

「嗯。拜託水野同學不穿內褲上學，讓我收集實驗資料。」

「這種實驗，我說什麼都絕對不做。」

澪冷冷地拒絕。

看來是無可奈何了。

儘管可惜，但這種事實在強求不來，惠太只好放棄實驗。

姑且不論這些，回家方向不同的惠太和澪回程走在一塊，其實是有某個理由——

「浦島同學也真是的……又是推薦泉穿丁字褲，又是叫人不穿內褲……今天要試穿的樣品真的是正常內衣嗎？」

「是啊，算是勉強能在電視上播出的尺度吧。」

「……如果是像繩子一樣的內衣我可要回去了喔？」

「啊哈哈，開玩笑的。布料面積跟以往一樣啦。」

「那就好……」

接下來要進行內衣試穿會。

要在學校的被服準備室進行也是可以，不過即使有上鎖，讓女生在學校教室裸體的風險實在太高。

因此，試作品基本上都會在浦島家進行試穿。

「……」

惠太邊走，視線邊瞥向身旁。

他的女同學自然進入視界裡。
澪的表情一如既往地平淡，不過身穿夏季制服的她，頸部微微泛出汗水。
今天稱不上是猛暑，仍熱到能感受夏日來臨。
好想早點接受冷氣的恩澤。
是說水野同學，現在正穿著怎樣的內褲呢？
惠太以認真的神情思考，此時正好和轉頭的澪眼神對上。
「浦島同學？怎麼了嗎？」
「沒事啊。」
「真的嗎？我總覺得感受到邪惡的視線……」
澪微微瞇眼。
她露出狐疑的神情，又再次面向前方。
「話說回來，今天有點熱呢。」
「是啊。」
「有那麼一瞬間，還以為你是腦袋過熱才會說出不穿內褲之類的蠢話，但浦島同學平時就這麼變態了。」
「沒有啦——沒妳說得這麼好。」
「我並沒有在誇你。」

兩人在這熱到冒汗的回程路上，如平時那樣閒聊互動，不知不覺就走回自家公寓。

並在這個見慣的建築物前，發現了熟悉的少女身影。

「啊，哥哥……」

「咦？姬咲？」

可愛的妹妹正站在公寓前。

她身高一六一公分，還擁有E罩杯的隱藏巨乳。

身穿國中水手服，頭綁側馬尾的少女名為浦島姬咲。

她並不是惠太真正的妹妹，兩人姓氏相同，是因為雙方父親是兄弟，比起這事，更加令人在意的是——

「旁邊的同學是哪位啊？」

惠太的視線，朝向站在心愛妹妹身旁的少年。

這人留著一頭獨特的短髮，身穿標準款式的學生制服。

身高比姬咲再稍稍矮些，雖然比澪還高一點，不過就男生而言仍算是矮個。

「……」

「咦？他怎麼在瞪我？」

神祕少年A不知為何一臉不悅。

他以怒視殺親仇人般的眼神看的不是別人，正是浦島惠太，這使得與他初次見面的惠太不知該作何反應。

「啊，那個啊，這個人是——」

正當姬咲想開口時，

「——渚？」

惠太身旁的澪，神情訝異地說。

「水野同學，妳認識他啊？」

「該說認識嗎……他是我弟弟。」

「弟弟？」

惠太再次看向他。

並仔細確認他那看似不悅的臉蛋。

「聽妳這麼一提，長得還真有點像，譬如眼角之類的。」

「常有人這麼說。」

如今知道神秘少年A的身分了。

他是澪的弟弟，名字似乎叫渚。

「這位水野同學，跟我念同所學校。」

「原來是這樣啊。」

惠太曾聽澪說過自己有個弟弟。

沒想到他和姬咲讀同所國中，原來這世上真有這種巧合。

此時他又萌生新的疑問，為什麼他會在這——

「是說，為什麼渚會在這？」

澪提出了與惠太完全相同的疑問。

渚維持不悅神情瞄了姊姊一眼，沒有回答疑問，又再次看向惠太。

「妳就是浦島姬咲的哥哥？」

「初次見面，渚同學。我叫浦島惠太。」

正確來說惠太是姬咲的堂哥，但他把姬咲當成親妹妹般呵護，所以這麼說並沒任何問題。

「平時受渚同學的姊姊關照了。」

「關照……？」

「嗯？」

「你到底，要求她用多麼猥褻的方式關照你……」

「咦……？」

惠太不過是用慣用句打聲招呼，對方卻回敬了更加尖銳的眼神。

這不論怎麼看，都是對惠太產生了明確敵意。

「呃……」

惠太不清楚自己為何被討厭，頓時困惑不已。

（我對他做了什麼嗎？我們應該是初次見面才對啊……）

還是說單純是我不記得，其實我跟他過去有過交集？

現場忽然蔓延一股險惡氛圍。

姬咲不知所措，惠太和澪無法理解狀況，此時渚終於表明來此的目的。

「我就直說了——我來這裡，是要叫姊姊別再當內衣模特兒。」

第一章　弟弟有夠煩

與水野渚初次見面後，惠太心想，一群人長時間在公寓前起爭執也不好，於是決定把他招待到家裡。

澪在工作上給了惠太不少關照，總不能虧待她的家人。

最後大家進到惠太家自豪的舒適客廳。

客廳桌子正好是四人座，於是兩邊分成浦島家跟水野家入座。

惠太正對著渚坐著。

而姬咲正對著澪。

附帶一提，乙葉此時還沒回家，不過房間剛開了冷氣，屋內十分舒暢。

在這使用文明利器維持適當溫度的房間裡，渚連碰都沒碰姬咲準備的麥茶，就開門見山地說。

「今天，我在學校聽浦島說了。姊姊在幫你們製作內衣……」

事情前因後果大致如下。

渚代替朋友參加美化委員會議，正好碰到姬咲，姬咲得知他是澪的弟弟，就聊起惠太他們的事……

「不過，為什麼渚同學要生氣？」

「……我聽說浦島的哥哥，假借工作名義對我姊做了些下流的事……」

「下流的事？」

惠太歪頭不解，看向坐在斜對面的澪問：

「我有對水野同學做過那種事嗎？」

「多到數不清了好嗎。」

澪秒答說。

回想起來，惠太曾要求她露出內衣，另外雖純屬意外，卻在學校教室裡將臉埋進她的胸部，的確是做出了無數踰矩行為。

應該說，那些就單純只是性騷擾。

渚聽了澪的爆料後，激動地逼問：

「況且內衣設計師又是什麼鬼東西!?男高中生跑去做女生內衣根本莫名奇妙！還有你為什麼要叫我姊當模特兒!?」

「水野同學，模特兒的事妳沒跟家人提過嗎？」

「我哪可能說得出口。我可是讓男同學看到自己穿內衣的模樣耶……」

您說得正是。

讓男同學看到自己身穿可愛內衣的模樣，這種事哪有臉對親人或弟弟說出口。

儘管惠太試圖澄清誤會，渚卻激動得難以平復。

「而且我還聽說，你最近還把女生叫到自己房間辦內衣試穿會！」

「啊啊，那的確是很壯觀。」

「現在想想，那次真的做得太過頭了……」

相對於惠太一臉愉悅，澪則是愁眉苦臉。

那次活動實在精彩。

讓水野澪、北條絢花、長谷川雪菜，還有浜崎瑠衣等四位美少女，身穿自己設計的內衣，再細細觀察她們的身影。

整場內衣時裝秀已成為深烙在惠太腦海的美好回憶。

之後他還幫同班同學佐藤泉選了新的丁字褲，還真是只有做下流的事。

「不過，水野同學妳自己明明也玩得很樂啊。」

「浦島同學!?拜託你別用這種招人誤會的說法好嗎！那只是因為浦島同學的新作內衣真的很可愛……！」

水野同學立即反駁。

也許是因為弟弟坐在身旁，她難得表現得有些慌張。

就在兩人要好地你一言我一語時，渚插嘴說。

「還有你今天把姊姊叫來家裡，是打算做些什麼。」

「嗯？新作的試作品完成了，所以要拜託她試穿啊。」

「你說……試穿？」

「嗯。讓水野同學穿上，好確認新作實際完成情況啊。」

「確認實際情況……？」

突然間，渚雙手拍桌站起。

並指向坐在身旁的澪說：

「你開什麼玩笑！這麼可愛的姊姊身穿內衣站在面前，你哪可能看完就了事！你一定打算趁機做些不可告人的猥褻行為！」

「咦咦咦!?」

「渚!?你到底在胡說什麼!?」

「姊姊竟然淪為這種變態混帳的玩物，我說什麼都無法忍耐……！」

「我才沒做那種事好不好!?」

「我才沒被做那種事好不好!?」

惠太和澪異口同聲地否認。

姑且不論兩人越是否認，就越是顯得可疑這個旁枝末節，看來渚似乎有了天大的誤會。

（不過，實際上我的確看了水野同學穿內衣的模樣，光是這點就已經夠猥褻了……）

自己姊姊穿內衣的模樣被男生看到了。

身為家人，聽到這種話自然會去擔心，這想法再正常不過了。

換作是惠太，也不希望其他公司的內衣設計師，看到姬咲和乙葉身穿內衣的模樣，因此自然能夠理解渚的心情。

「總之從今以後，你再也不准接近我姊！我才不會把姊姊交給你這種變態！」

「欸……」

「姊姊，我們走。」

「啊，渚你等一下!?」

渚拎起自己和姊姊的書包，硬是把站起身的澪給拉向門口。

離開客廳前，澪轉頭對惠太說：

「浦島同學對不起！今天我先回去了！」

「知道了，我們學校見。」

這樣也好，反正今天是不可能進行試穿會了。

兩位客人回去後，客廳整個靜悄悄的，只能默默目睹經過的姬咲，畏畏縮縮地開口。

「澪姊姊她們回去了呢。」

「是啊。」

與其說是回去，不如說是渚把澪給帶走了。

「姬咲，原來妳跟渚同學讀同所學校啊。」

「嗯。我看他們姓氏相同，就想說他會不會是澪姊姊的弟弟，所以才找他聊天……只是我沒想到，她沒跟家人提過模特兒的事……」

「啊啊，所以妳才說出口啊。」

「抱歉喔？要是我沒對水野同學說溜嘴就好了……」

「這又不是姬咲的錯。」

惠太摸了摸堂妹的頭安慰說。

「只要水野同學繼續當模特兒，總有一天會發生這種事。」

「澪姊姊，她不會有事吧？」

「我也不知道。渚同學先入為主的狀況有點嚴重……」

打從一開始，渚就產生了重大誤會。

從他排斥惠太的反應來看，要說服他似乎得費上很大的勁。

「……澪姊姊，應該不會辭掉模特兒工作吧？」

「那樣我可就傷腦筋了……水野同學現在已經是ＲＹＵＧＵ的王牌模特兒了，以水野同學為形象所作的內衣銷量也很不錯，我實在無法想像缺少水野同學的內衣生活。」

實際上，澪的貢獻的確是十分驚人。

起初她還有所抗拒，到了最近甚至變得會主動讓惠太看自己的內衣，對模特兒工作也變得駕輕就熟。

單就惠太個人的意願來說，當然會希望她能繼續留在ＲＹＵＧＵ。

「總之現在，也只能相信水野同學了。」

◆

水野姊弟回到家後，便召開了緊急家族會議。

依舊身穿制服的姊弟倆，回到寒風會從隙縫中吹入的破公寓後，便窩進澪的六疊大和式房間，並圍著矮桌相對正坐——

「……」

「……」

兩人表情相當嚴肅。

率先打破寂靜的是弟弟渚。

「所以呢？這到底是怎麼回事，姊姊？」

「怎麼回事，是指什麼？」

「別裝傻了，妳竟然瞞著家人做這種猥褻的打工。」

「這才不是打工。我又沒收錢……我只會收下新作內衣的樣品做為代價……」

「原來如此。怪不得妳最近總是穿些看似名貴的內衣。」

「嗚……」

不用說也知道，他們住的公寓非常小。

光是能晒衣服的地方就十分有限，那怕是小小的女用內衣，也不可能完全藏住。

更何況天氣變熱後，澪在家都會穿上惠太給的細肩帶睡衣。

渚老早就懷疑，身為窮苦女生的澪，怎麼有辦法穿這種看似高價的物品。

「……就算真是這樣，跟渚有任何關係嗎？」

「啊？」

「要去浦島同學那當內衣模特兒，那也是我的自由吧。我也想穿穿看可愛的內衣啊！」

「呃、說實話，妳之前的內衣的確是土過頭沒錯啦……」

之前的內衣——也就是那幾件銅板價內衣，已經被她鄭重封印在房間的壁櫥裡了。

儘管再也不會拿來穿，澪仍無法拋棄伴隨她度過三年光陰的夥伴們。

「……姊姊，妳在跟那傢伙交往嗎？」

「什麼？」

「我是問妳，是不是在跟那個叫浦島的傢伙交往。」

「什、什麼!?我、我怎麼可能會跟他交往啊!?」

被弟弟這麼一問，澪的臉頓時發燙。

真希望他沒事別問這種怪問題。

「那麼，妳是喜歡那傢伙嗎？」

「為什麼我會喜歡他啊!?」

「妳不是給他看了嗎？給那傢伙，看到內衣跟內褲。」

「這……是沒錯啦……」

「女生換衣服被男生偷看，不是都超級生氣嗎。正常來說，大家才不會給不喜歡的對象看到內衣。」

「我、我只是，想要ＲＹＵＧＵ的內衣而已……」

「單就好處跟壞處衡量，這也未免太划不來了吧？而且所謂的內衣設計師，不就是專門做女生胸罩內褲的人嗎？那傢伙絕對是變態好嗎。」

「確實，浦島同學是個真真正正的變態沒錯啦……」

單就這點，澪壓根沒打算幫他說話。

惠太是個變態，乃是板上釘釘的事實。

即便是如此，他也是認真面對製作內衣這份工作。

正因為明白惠太有多麼認真，澪才會想要幫助他。

「而且妳不跟家人說，就表示妳自己也覺得心虛對吧。」

「嗚……」

因為想要RYUGU的新作內衣才答應幫忙，這點是事實。

這其中，當然也包含了想對惠太報恩的想法，來答謝他將自己從受內衣所擾的困境中解救出來。

不過，那怕有再多理由，任誰都不希望被家人知道，自己穿內衣的模樣被異性看見。

「我是真的很擔心。我怕姊姊，是不是被壞男人給騙了……」

「渚……」

「我才不會原諒他，竟然假借工作名義，偷看姊姊的裸體……」

「渚、渚……？」

這份心意讓澪感到高興，不過弟弟的愛實在有點可怕。

過去的他明明是如此直率可愛，為什麼現在會變這副模樣。

「謝謝你為我擔心。不過浦島同學並不是渚所想的那種壞人。他只是有點變態又不太體貼，其實為人非常溫柔，還總是為了他人努力。」

不光是只有澪。

他面對絢花、雪菜、瑠衣時都是一樣。

他這人總是傾盡全力，去幫助對方解決問題。

儘管澪只是希望讓弟弟明白這點——

「妳就這麼喜歡他嗎……」

「渚……？」

弟弟突然起身，朝門走去。

他握住門把開門，接著將臉轉向澪。

「總之，不准妳再做什麼內衣模特兒。如果你繼續和他扯上關係，我就把這次的事報告給爸爸知道。」

「咦!?」

渚不等澪回覆，便走出房間。

老實說，這件事要是被父親知道就慘了。

那怕父親為人和善，一旦得知女兒去當內衣模特兒，也肯定不會有好臉色。

最慘的情況，是可能再也無法協助惠太製作內衣。

「這下子，傷腦筋了……」

◇

隔天放學後，惠太和兩個RYUGU的女性成員在被服準備室集合。

惠太坐在老位子，兒時玩伴絢花坐他身旁，而澪坐在桌子的對面座位——

「就是這麼回事，我和渚正在吵架……」

澪意志消沉地報告事情後續經過。

「我都不知道那孩子竟然那麼固執。我實在是氣不過，今天早餐就隨便做了飯糰給他吃！還只放蜜汁柴魚！」

「即使生氣還是有準備飯給他吃啊。」

「關於水野同學太溫柔這件事。」

從她話語中處處能感受到母性。

自從她母親離開家裡，她似乎就代替繁忙的父親照顧弟弟，或許對澪來說，渚真的就如同自己小孩一般。

「目前聽起來，澪同學的弟弟是反對妳當模特兒是嗎？」

「是啊……若這件事被爸爸知道，我可能就無法協助製作內衣了……」

「我本來就有做雜誌模特兒，雙親又採放任主義才沒問題，普通家長聽了肯定都會制止吧。」

「就公司而言，只要家長反對我們也束手無策了。」

即使澪看似成熟，仍是個未成年人。

她當模特兒協助製作內衣，而惠太提供新作內衣樣品做為回報的契約——都是基於澪的好意方能成立。

況且，惠太也不樂見她和家人為這事產生隔閡。

「我可不允許澪同學退隊喔？我連與妳共度一晚的夢想都尚未達成呢。」

「絢花，妳將慾望說出口了。」

先不提這百合系金髮模特兒的慾望。

此事的確非同小可。

「我也是，我並不想辭去模特兒工作。」

「水野同學……」

「既然如此，就只能想辦法說服妳弟弟了。」

「可是該怎麼做？昨天才跟渚同學稍微聊一下，就知道他有多討厭我了，而且他似乎完全聽不進旁人的勸啊？」

「嗯——這個嘛……」

金髮兒時玩伴將手放在下巴，陷入思考。

「既然如此，要我來拜託澪的弟弟嗎？」

「由絢花拜託？」

「對方是個靦腆國中男生對吧？只要被我這種超絕可愛美少女請求，他肯定二話不說就答應了。」

「我實在很想向妳那深不見底的自信看齊，但我猜八成沒用。」

「我也是，覺得這招應該行不通……」

「咦……這明明是個好注意啊……」

兩位後輩將絢花提案駁回。

惠太心想這樣下去不是辦法，於是主動提出意見。

「送渚同學一件RYUGU的內衣，讓他知道內衣有多麼美好，這妳們覺得如何？」

「什麼如不如何，當然是駁回啊。」

「是啊，這提案比我的還慘。」

兩位女生冷眼說道。

「只要送給他我拚盡全力製作的內衣，就應該能將我用心製作內衣的想法傳達給他啊……」

「光是送出內衣的那一瞬間，你就會先被他當變態了。」

「被男人送內衣這種事，光是想像就讓人毛骨悚然。」

男人被同性贈與女用內衣，真的會讓人不知該如何反應。

眾人遲遲提不出有建設性的點子，絢花在惠太身旁撐著下巴碎念說。

「我突然想到，這次的問題點，是身穿內衣的模樣被並非在交往的男生看見，所以倫理上說不過去對吧？」

「咦？嗯，算是吧。渚也是這麼說的。」

「那麼，兩人假裝交往不就好了？」

「咦？」

「惠太跟澪同學，假裝你們正在交往不就解決了。」

「…………」

絢花的提案令澪啞口無言。

相對地，惠太則是與平時相同一臉悠哉。

「原來如此。因為是被戀人看到內衣，就不會有任何問題了。」

「不，問題大了吧!?怎麼、突然就叫我們交往……還有浦島同學為什麼會如此冷靜啊!?」

「因為假裝戀人這種事，我在小雪那時就經歷過啦。」

「……說起來好像有這麼回事。」

那是在得到澪的協助，而她得知絢花的百合屬性後發生的事。

惠太由於工作因素，需要尋找巨乳女生，最後他為幫助苦於太受男生歡迎的雪菜，決定當他的假男友，並以對方來當內衣模特兒做為交換條件。

「那時『雪菜親衛隊』可是把我害慘了，如今只有渚同學的話，負擔應該沒那麼大，我是覺得值得一試。」

「要我和浦島同學裝成戀人……？」

澪雙頰微微泛起一抹嫣紅，並偷瞄向惠太。

「這麼做或許是能說服渚啦……可是我，已經跟渚說我們倆並不是那種關係了……」

「妳說是當時太害羞說不出口應該就能過關了。」

「嗯……」

澪陷入苦惱。

絢花的提案確實是個妙計，可惜澪似乎意願不高。

就算是為了說服渚，惠太也不希望強迫女生做不喜歡的事。

「水野同學不喜歡這方法？」

「咦？」

「不喜歡的話就想別的方法吧。」

「……也不是說不喜歡……只是心中感情有點複雜，才遲遲拿不定主意……」

「若是並不討厭，為什麼要這麼苦惱呢？」

「……」

惠太純粹是提出疑惑，卻被對方以怨恨神情怒瞪。

豈止如此，就連兒時玩伴也白眼看他……

「惠太你真的很會勾搭女生。」

「什麼意思？」

惠太不明白絢花那句話的意思，也完全不懂澪為何生氣。

即使回想所作所為，也不明白自己到底在哪踩到地雷。

正當惠太感到困惑，絢花一臉無奈地幫腔說。

「總之，這次只要能說服澪的弟弟就沒事了，只要拍幾張煞有其事的情侶照給他看應該就可以吧？」

「……說得也是。」

於是惠太就這麼和勉為其難地點頭的澪拍起了情侶照……

「水野同學，妳的臉還是很可怕。」

「就、就算你這麼講……」

「這怎麼看都不像是情侶照啊……」

一旦實際開始拍攝，澪就緊張到無法控制自己表情，拍不出帶有情侶感覺的照片，最後一行人只好改變方針，讓渚親眼目睹兩人親熱的畫面。

◆

那一天，渚在排球社練習結束後，換回制服離開學校。

時間剛過六點半，由於時值七月，外頭依舊是黃昏。

「今天完全無法集中精神啊……」

他走在回家路上，想著昨天和姊姊的事。

就算是為對方操心，最後卻弄得像是吵架一樣，使他介意得無法專注在練習上。

「昨天才蹺掉練習，明明得把偷懶的份練回來……不過那傢伙，看上去真的是相當輕浮啊……」

那個戴眼鏡頂著一頭自然捲的傢伙——他一想起浦島惠太的臉，就不禁皺起眉頭。

渚對殺去他家沒感到一絲後悔。

實際聊過，就明白這傢伙是個真正的變態。

「叫女同學試穿自己做的內衣，這怎麼想都不正常……」

心愛的姊姊竟被這不知哪冒出來的男人玩弄，他無論如何都沒辦法視而不見。

「姊姊，到底是覺得那傢伙哪一點好啊……」

儘管澪本人否定，仍能感覺得出她並不討厭對方。

長年穿土氣內衣的姊姊，之所以忽然用心打扮，一定是因為這個叫浦島惠太的傢伙。

渚並沒打算對姊姊的戀愛說三道四，即便如此，他仍無法原諒惠太。

一個會找女生辦內衣試穿會的人，怎麼想都配不上姊姊。

「我得想辦法讓姊姊清醒過來……」

為此，必須得先讓她辭掉模特兒工作。

因為澪只是被新作內衣所誘，才會讓那變態對她為所欲為。

他一面思考著這些事，一面花了三十分鐘，從學校徒步走回自家公寓。

他住在一棟屋齡極高的木造兩層建築。

不只房間狹小，寒風還會從牆壁隙縫吹入，不過房租相對便宜。

渚沒扶著徹底生鏽的扶手走上破爛樓梯後，從褲子口袋取出鑰匙，和緩地打開自家大門。

「我回來了……嗯，咦？」

令他止步的，是一雙擺在玄關的陌生鞋子。

在姊姊那雙見慣的樂福鞋旁，擺了一雙陌生的運動鞋。

這尺寸比渚穿的還大，顯然屬於男用。

「………」

渚心中頓時湧現不祥預感——

他察覺到在自己不知情時，發生了相當嚴重的事。渚脫了鞋，屏息走向姊姊房間。

接著站在關上的房門前，悄悄地將耳朵靠在門上。

裡頭傳來了小聲說話的聲音。

「——像、像這樣如何呢……？」

一開始，他聽到了態度消極的女生聲音。

「——我覺得還不錯。試著再大膽點好了。」

此時回答的，是一個聽似欠缺緊張感且輕浮的男性聲音。

「（是姊姊跟……男人的聲音……）」

正如他所料，姊姊果然帶男人回家了。

「——嗚……浦島同學……這樣子，真的好害羞……」

「（!?姊、姊姊竟然把浦島帶回家做害羞的事……!?）」

這劇情發展令他大受打擊。

他們究竟在門的另一頭，做著何種寡廉鮮恥的事。

澪到底是位妙齡少女，會做這檔事沒什麼好奇怪的，但渚完全沒料到模特兒的事穿幫才沒多久，他們就做出這種行為。

「——嗯……雖然很害羞，不過也不能花太多時間……再不快點渚會回來的。」

「——是啊，差不多該結束了。」

「（結束!?）」

他們究竟是打算做些什麼來收尾。

這點單靠國中生貧乏的知識實在無從想像，但他唯一能肯定的，就是裡頭確實發生了某些不好的事。

「你這混帳！到底在對我姊做什麼——」

渚用力將門推開，正如同他所料，站在六疊大和室裡的，正是身穿制服的變態內衣設計師浦島惠太——

這個不願再見到的宿敵，甜蜜地將同樣身穿制服的澪抱入懷裡。

而且，該怎麼說呢。

這畫面不論怎麼看，都像是澪主動將胸部靠在他胸膛上。

「你們……在做什麼？」

「啊，沒有啦，這是在……稍微做些戀人的練習——嗚咕!?」

澪被抱在懷裡，似乎有話想說。

惠太卻以迅雷不急掩耳的速度摀住她嘴巴。

「嗨，渚同學，不好意思打擾了——昨天我們一時害羞才沒說出口，其實我們倆正在交往。」

「……什麼？」

「噗哈！——就、就是啊！你看，我跟浦島同學是多麼恩愛的情侶！所以去幫他做內衣模特兒，也完全沒有問題！」

「…………」

人類面對難以接受的衝擊時，似乎會嚇到連話都說不出來。

渚光是聽見兩人臺詞的瞬間，便眼前一片模糊，以致於姊姊後半段講了什麼根本聽不進去。

（交往？姊姊跟這變態內衣混帳？……咦？意思是他們若交往順利，這傢伙就會成為我的大哥……？）

這未來實在令人絕望。

將來兩人若是有了小孩，自己就會成為舅舅，說不定還得給姪子姪女壓歲錢。

「嗚哇……你不如要了我的命……」

「渚同學，你怎麼直冒冷汗啊？還好嗎？需不需要手帕？」

「不，不必……我沒事——這、這哪是手帕！這分明就是內褲啊！？」

渚看到對方遞出的布時驚呼。

惠太從褲子後袋掏出的純白色布料並不是手帕，而是件可愛的女用內褲。

「啊，搞錯了。這是我為了傳教隨身攜帶的內褲。」

「……難道你無時無刻，都帶著女用內褲走在路上？」

「呃，大致上是？」

「你到底搞什麼東西啊……！」

都不知道該從何吐槽了。

這世上哪有男生會把女生內褲當手帕般隨身攜帶。

「這種變態竟然跟姊姊……這種傢伙竟然奪走了姊姊的純潔……！」

「等等渚!?你到底在鬼扯什麼!?」

說實話，渚根本不願考慮這男人是姊姊男朋友的可能性。

縱使不願考慮，仍必須正視兩人在眼前大大方方地親熱，以及正在交往的這項事實。

「可惡，這種破東西……!?」

「啊、渚同學!?」

——不愉快的事接二連三地來，似乎令渚怒上心頭。

他無法控制徹底爆發的感情，從惠太手中奪走內褲，任憑自身怒意往地上砸。

「啊……」

被殘酷地丟棄在地的純白內褲。

渚看了終於冷靜下來。

儘管這個看到內褲才終於使他冷靜下來的情境，真的很莫名其妙。

這是他有生以來第一次將女生內褲往地上砸，此舉並沒讓他心情舒暢，反倒使盤旋於心中的怒氣化為空虛。

「渚……」

「唔!?」

「這件內褲是浦島同學費盡千辛萬苦才做出來的。你快向浦島同學道歉。」

「姊姊……」

渚戰戰兢兢地抬起頭來見到的，是姊姊靜靜地生氣的身影。

她鮮少會真心動怒。

過去只發生在自己小時候玩危險遊戲受傷時，每一次都是與渚的安危有關，而這次的事，對她而言就是如此重大。

「真的是……什麼跟什麼啊……」渚嘟嘟囔囔地說。

之所以頂嘴內容弱到如此可笑。

是因為他為不成熟的行徑感到後悔。

自己如此幼稚，實在無地自容。

「——可惡！」

渚背向兩人，從破公寓奪門而出。

「我到底在做什麼啊……」

渚衝出公寓後，最後走到附近某間公園。

夕陽已西沉，公共場所四下無人。

他坐在角落的板凳上，回顧自身行為導致的結果，說出了這句臺詞：

「惹姊姊生氣後逃走，真是個小鬼……」

實際上，他的確還是個孩子。

而他也認為，衝出家門這舉動未免太過幼稚。

「說到底的，分明是姊姊去當內衣模特兒才會變成這樣……」

連回嘴都毫無氣力。

這是因為他自知把內褲往地上砸這事是自己不對。

「肚子好餓，但現在又沒臉回家……」

反正都逃出來了，就暫時待在這吧。

正當他如此決定之時——

「——哦，發現渚同學了。」

「嗚哇，出現了……」

親暱地對渚舉手打招呼的，正是造成姊弟吵架的元凶。

浦島惠太一登場，使得渚心中憂鬱不斷攀升。

「為什麼是你來啊……」

「是水野同學告訴我的。她說你一定在這。」

「是姊姊……」

「水野同學說你們吵架時，你幾乎都會逃到這個公園。」

「嗚……」

一切行動都被姊姊看穿了。

看來自己打從兒時階段，行為模式就毫無長進。

「她正在做些渚同學喜歡吃的東西，要你趕快回家。」

「……是喔。」

「渚同學原來喜歡漢堡排啊。」

「要、要你管……我們家有肉吃就算豐盛了。」

惠太並沒有對渚回的這句話感到疑惑。

渚心想，看來這人多少知道我家的經濟狀況。

會連這種事都說出來，表示姊姊相當信賴他。

「還有，我說跟水野同學在交往是騙你的。」

「啊？」

「我們是打算說服你，才會試著假裝情侶。剛才那是在做練習而已。」

「……這些，告訴我好嗎？」

「說謊到底不好嘛。」

「竟然還假裝情侶，你就這麼想看姊姊穿內衣的模樣嗎。」

「那當然！我可是好不容易才邂逅了擁有理想D罩杯的水野同學。說什麼都要請她繼續幫忙！」

「拜託你別用這種眼光看人家姊姊好嗎……」

渚鄙視地看向變態說。

不過惠太並不介意，豈止不介意，他還若無其事地坐在渚身旁。

「等等，你幹麼自然而然坐我旁邊？」

「又沒關係，我們都是男生嘛。」

「就因為是男生才討厭裝熟啊……這人到底是怎樣……」

光是跟他說話都嫌累。

不愧是有血緣關係的親人，舉止氛圍都和姬咲有些類似。

渚決定，總之先移動到板凳最角落，跟這變態拉開最大限度的距離。

「……姊姊，生氣了？」

「生氣是生氣，可是她更擔心你。」

「這樣啊……對不起。我知道剛才是我不對。」

「沒關係，我不在意。渚同學跟水野同學感情真好啊。」

「……算是吧，畢竟她是我唯一的姊姊。」

「讓她來幫忙我這種可疑的傢伙做內衣，你一定很擔心吧。」

「原來你有自覺喔……」

「通常服裝類的設計師也會製作女用商品，不過牽扯到內衣，難免會被人用有色眼光看待。」

「被我這種人用另類眼光看待，不會感到反感嗎？」

「完全不會啊？我只要自己做的內衣能讓女生綻放笑容就好，才不會因為自己是男生就放棄夢想。」

「…………」

渚聽了不禁吃驚。

惠太所說的，正與自己碰到的狀況類似。

「……其實，我多少懂你的想法。」

「咦？」

「我上國中加入了排球社，身邊的人都對我說：『你這麼矮還進排球社？』」

「啊啊，印象中排球選手個子好像都比較高。」

「實際上，長得高對打排球真的比較有利。不論運動神經多好，再怎麼努力練習，也不會跳得比天生高個的人還高。但我就是喜歡打排球，所以打算鑽研攻擊以外的技術，來當上『自由球員』的正選球員。」

「自由球員，我記得是專門防守的位置嘛。」

「真虧你知道。」

「最近正好有機會調查排球相關知識。我覺得自由球員能接住高個選手的強力扣殺這點很帥。」

「哼……你很懂嘛。」

自由球員並非進行攻擊的攻擊手，而是專司防守的位置。

相信不用說大家都知道，高個子打排球比較有利。

身高僅有一五九公分，就男生來說算矮個的渚，是迫不得已才選擇當自由球員，但他喜歡排球，喜歡到不論周遭如何說閒話，他都不願放棄。

這點和說出不願放棄自己夢想的惠太相似。

他不願因為個子矮這種理由，就放棄自己想做的事。

（等等，我實在不希望因為這種事，跟想做女生內褲的人產生共鳴……）

只要兩人是不同的個體，就難以在真正的意義上互相理解。

但若不試圖主動接近，就肯定一生都無法理解。

最起碼，渚稍微理解了這個變態設計師的為人。

和來到公園時不同，渚莫名感到豁然開朗，他站起身說。

「我差不多該回去了。姊姊也許在擔心。」

「這麼做比較好。」

「……還有，我會去跟姊姊說，她能繼續當內衣模特兒。」

「咦，可以嗎？」

「說實話我是不太甘願。既然姊姊心意已決，那我當然支持她。爸爸那邊我會幫忙保密。」

「渚同學，謝謝。」

「……這沒什麼好謝的。」

他別過頭，擺出無所謂的態度回說。

做這決定不是為了惠太，而是尊重姊姊的想法。

「我只同意她協助你做內衣，你要是敢對姊姊做奇怪的事，我絕對饒不了你。」

「沒問題。未來我也會繼續創作適合水野同學的可愛新作內衣。」

「這樣一聽，感覺還真的是很變態啊……」

才剛同意就說出這種言論。

渚決定之後得盯緊這個變態，以防他對姊姊使壞。

渚與惠太道別後，直接回到自家公寓。

「……回來了。」

「啊啊，渚。歡迎回來。」

身穿圍裙的澪從廚房走出來，她換上夏天穿的輕便T恤和短褲，一如既往地迎接弟弟。

屋裡飄出一股漢堡排的香味，醬汁似乎是渚喜歡的多蜜醬，看來晚餐已經準備好了。

「你跟浦島同學談完了？」

「算是吧。他雖然怪了點，但應該不是什麼壞人。」

「所以？」

「協助他製作內衣的事，就隨姊姊高興吧。」

「很好很好，不枉費我忍受羞恥跟他假扮成戀人。」

「我怎麼覺得那齣鬧劇只把狀況弄得更糟而已……」

看到心愛的姊姊被男人抱住，才害得渚整個人被怒火沖昏頭，怎麼想那作戰都是個壞點子。

「那個，剛才對不起……」

「我也要說對不起。你明明那麼為我操心，我還欺騙你。」

「那就當扯平吧。」

「是啊，我們和好吧。」

澪綻露出柔和笑容說。

「晚餐已經準備好了，你去換衣服吧。」

「好。」

渚轉身走向房間。

忽然間，他轉頭若有所思。

（總覺得，最近姊姊真的變了。）

在家一整年都穿著國中運動服的澪，如今卻像個普通女孩一樣穿著可愛的居家服。

即使是穿普通的T恤跟短褲，看起來也頗為時髦。

過去她明明只有在外出時會穿成這樣……

「不過是穿上可愛內衣，就帶來這麼大的變化……」

這對一直穿著皺巴巴內衣的澪而言，確實造成了非常大的心境變化。

儘管看姊姊穿那變態做的內衣，使渚心情相當複雜，不過澪所產生的這些變化並非什麼壞事——

即使看他再怎麼不順眼，也必須承認他的功勞。

「不過姊，妳挑男人的眼光也太糟了。怎麼偏偏就喜歡上那種傢伙啊。」

「什麼意思？你指什麼呀？」

「妳不是喜歡浦島嗎？」

「什麼!?就說了，我跟他才不是那種關係好嗎！」

「可是，妳昨天去他家時明明就很開心啊。」

「我只是期待新作內衣而已！」

「是喔，那就好。」

姊姊無法誠實面對自己，兩人關係遲遲沒有進展，那當然最好。

渚這個姊控聽了，神情稍微放鬆，接著走回自己房間換衣服。

◇

在公園與渚道別後，惠太獨自走在回家夜路上，途中手機傳來了澪的訊息和照片。

照片上的，是微笑的澪和一臉不悅的弟弟，兩人面對面圍繞餐桌而坐，桌上還擺著看似美味的漢堡排。

訊息只是簡潔報告『我們和好了♪』。

「這下事情總算告一段落了。」

渚的問題似乎解決了，終於可以舉辦試穿會。

「為了贏得渚同學的信任，必須更努力才行啊。這次的試作品雖然不差，不過似乎有點停滯不前啊，是不是該想些沒嘗試過的新點子呢……」

前些日子，幫助佐藤泉的那次事件使惠太發現了新課題。

不光是針對運動用的丁字褲，他深深感受到，自己對於擅長領域外的內衣知識嚴重不足。

惠太並非對現在的製作方針有所不滿。

不過，他希望能夠嘗試各種挑戰。

如此一來，才能拓展創作的幅度。

「話是這麼說啦，到底該如何是好呢……」

實際上，他目前製作新內衣也碰壁了。

自從他決定要挑戰新領域後，他就不停觀察其他公司的型錄，或是看些專門書籍，可惜遲遲找不到靈感。

凡事並沒有這麼簡單。

關於這點，還必須細細琢磨。

他想著想著，就走到了自家公寓。

他坐電梯上七樓，在玄關脫鞋，走向客廳打算補充水分。

「嗯～♪好吃～♪」

乙葉坐在沙發上，大啖看似美味的蛋糕。

盤子上擺的是基本款的草莓蛋糕。

乙葉一手拿叉子，一手撫著臉頰，笑得像個幸福到頂點的孩子。

就在她打算接著吃下一口時，終於察覺到惠太的存在。

「啊……」

「乙葉，我回來了。」

「歡、歡迎回來……」

「……」

「……」

兩人陷入尷尬沉默，乙葉無法忍耐這氣氛大喊：

「幹麼啦!?我天真無邪地吃蛋糕真有這麼奇怪嗎!?」

「我一句話都沒說好嗎。」

「你絕對在想我這樣很像小孩對不對！」

「只有稍微這麼想而已。」

「我就知道！你果然這麼想！」

「我很喜歡能把蛋糕吃得這麼香的乙葉喔。」

「你講這話完全沒幫到忙好嗎……」

乙葉已經是能喝酒的年齡了，卻因為個子小又是童顏，導致她對自身外貌有所自卑。

惠太認為她這樣子也相當有魅力，可惜對方並不領情。

待乙葉冷靜後，惠太才問。

「不過，今天怎麼有蛋糕吃啊？」

「浜崎的父親傍晚過來打招呼。說是希望我們多多關照女兒。也太多禮了。」

「悠磨先生啊。他好像是爸爸的朋友。」

悠磨先生，也就是浜崎悠磨，他是經營內衣品牌『KOAKUMATiC』的幹練社長，也是最近從MATiC跳槽到RYUGU的浜崎瑠衣的父親。

根據他本人的說法，似乎和惠太父親是朋友。

「也有你跟姬咲的份喔。」

「我晚點再吃。」

姬咲目前正在洗澡。

惠太回來得晚，兩人似乎用過晚餐了。

「是說惠太，下次的新作品你想到要做什麼了嗎？」

「啊啊，關於這一點啊……」

「嗯？」

「其實，我打算提升一下我身為內衣設計師的技能。」

「提升技能？」

「我想多累積點實力才能做出理想的內衣。雖然現在一點靈感都沒有，但我覺得這樣下去不是辦法……」

「哦？」

乙葉看似意外地朝惠太碎念。

「原來你也會有這一類的煩惱啊。」

「乙葉以為我是什麼啊？」

「內衣痴啊。」

「是沒錯啦。」

中肯到他忍不住點頭。

不過對惠太而言，這算是稱讚。

「可是，其實我不太清楚要做些什麼才能提升技能。」

「我看你乾脆穿上自己做的內衣打扮成女人算了？」

「這我有考慮過，但總覺得不太對。」

「居然還有考慮過喔……」

乙葉露出一臉姊姊我差點被你嚇死的表情。

「講真的，我看你就暫時先忘記工作，像個學生一樣去享受青春就可以了吧？」

「享受青春？」

「要努力工作是無所謂，不過有很多事只能趁學生時期去體驗。你要面對書桌學習內衣知識也是可以，但有很多靈感是從與內衣不相干的體驗中誕生。既然橫豎都想不到點子，乾脆用盡全力遊玩也是個不錯的選擇吧？」

「原來如此，只要像乙葉那樣回歸童心全力享受蛋糕就可以了嗎。」

「你想找架吵是嗎？」

乙葉冷眼看向這邊，看來又不小心多嘴了。

「我看你得先從理解女人心開始學起。」

「女人心？」

「我總是在想，惠太你對異性真的是不夠體貼。」

「有這麼嚴重？」

「內衣可是做給女生穿的啊？不明白女人心的傢伙，哪有可能做出真正出色的內衣？」

「有、有道理……」

不愧是年紀輕輕就擔任RYUGU代表的才女。

這話可真有說服力。

「不過要享受青春，具體來說該做些什麼啊？」

「那還用說，現在可是夏天耶？你邀請模特兒那些女生去海邊玩不就好了。」

「海邊啊。」

「反正新作賣得還不錯，公司這邊能幫忙出你們五人的住宿費。」

「咦，真的嗎？」

「難得模特兒都是些可愛女生。你就把她們帶出去玩，好好享受一下水噹噹辣妹的泳裝吧。」

「水噹噹這講法是不是有點老啊？」

近年來幾乎沒聽過有人講這個詞了。

但是去海邊或許是不錯的主意。

「泳裝的構造與內衣接近，說不定去了真能獲得什麼靈感……」

這個神祕道具明明布料面積跟內衣相同，穿了被異性看到卻不會感到害羞。只要去海邊研究泳衣，或許就能藉此開啟新世界。

「連在這種時候都只想著工作，惠太你真的是……」

「嗯？乙葉，妳剛才說了什麼嗎？」

「我說惠太你真的是沒藥救了。」

「咦!?怎麼突然講這麼過分的話!?」

「人家是賞花不如吃糰子，你的話應該是賞花不如賞內衣吧。」

「我挺喜歡花啊，造型跟內衣很搭。」

惠太一面進行牛頭不對馬嘴的對話，一面思考乙葉的提案，最後覺得找RYUGU成員一起去海邊合宿，似乎是個不錯的選擇。

「總之，先邀邀看大家吧。」

第二章　內衣設計師的海邊合宿

某天夜晚，惠太在公寓房間，整理合宿要帶的行李時聽見敲門聲，打扮休閒的姬咲探出頭來。

放下頭髮，身穿短袖T恤和短褲的妹妹，如回到自己房間般泰若自然地走進來。

「哥哥，現在浴室沒人了～」

「知道了。我很快就整理好，到時候再去洗。」

說是說合宿，不過惠太準備的行李並不多。

只有平板這個工作道具，泳裝跟最低限度的換洗衣物而已。

表妹好奇地走到惠太身旁，看向他塞進包包的行李。

「哥哥你們明天就要去海邊合宿嗎？」

「嗯，星期一還得上學，所以只住一晚。」

「真好，我也想去海邊玩——」

「妳想來我當然歡迎啦，不過妳先跟朋友約好了，也沒辦法。」

明天就是她期待已久的電影上映日。

她似乎滿心期待這部片，甚至跟學校朋友一起買了預售票。

「對了姬咲，妳手上拿的那本書是什麼？」

「啊，這個？我正好想拿去客廳看。」

姬咲雀躍地將手上書本的封面亮給我看，這書真那麼有趣嗎？

封面上以充滿神秘感的字體寫上「占卜師真陀子夫人的自學占卜～不要空等命運，而是要去掌握～」的標題，看了叫人不知該作何感言。

「是占卜書啊。」

「她真的很厲害喔。占卜準到讓人覺得沒有天理。」

「我還是第一次聽過有人拿沒天理形容占卜很準，總之似乎是很厲害。」

「對了。既然機會難得，我用這個來占卜一下哥哥明天的運勢吧。」

「好啊，我也有點興趣。」

準到沒有天理的占卜。

就讓我見識一下，夫人是不是真有傳聞那麼厲害吧。

「哥哥是射手座嘛。嗯……我看看？」

姬咲一邊哼歌，一邊看著書上文字，似乎是真的很開心。

只不過她看著看著，那漂亮的眉頭便逐漸擠成一團……

「這……嗯……」

「咦？結果不太好？」

「嗯……哥哥，你明天最好要小心喔。上面寫『注意頭頂。可能會降下不合時宜的雪』，還有『將召開無人辯護的審判。反駁也沒用。只能閉上嘴巴忍耐』之類的，總之會有各種不幸降臨。」

「這種審判也太恐怖了吧……還有這個季節要是下雪那也太過異常了吧？」

七月都過了一半耶。

再怎麼說都不可能會下雪吧。

「順便問一下，工作運如何？」

「說是『工作從頭到尾完全都一點也不順利。建議乖乖休養生息』。」

「這下傷腦筋了。」

真的是倒楣透頂。

根據夫人的占卜，我明天的運勢似乎差到極點。

「啊，不過戀愛運非常棒喔。」

「戀愛運啊……」

「上面寫『不起眼的你終於迎來桃花期！說不定會有命中注定的邂逅喔!?』耶。好像第一個被你見到裸體的異性就是命運之人。」

「這到底是什麼占卜啊？還寫什麼第一次見到裸體的異性……」

惠太心想。

光是能看見對方裸體，就表示兩人關係匪淺了吧。

還有，敢把這種敘述大大方方地寫在自己書上的真陀子夫人，究竟是什麼來頭？

當然這一連串的吐槽，根本無法跟笑瞇瞇的姬咲說——

「明天要加油喔！哥哥！」

「嗯，是啊。」

最終惠太只能選擇成熟地陪笑回應。

◇

隔天星期六，剛過早上十點時。

「哦哦，天氣簡直太完美了。」

惠太穿上海灘褲和沙灘鞋站在海灘，面對著蔚藍晴空和遼闊大海。

而既然來到海邊，身邊女性當然也是全都穿著泳衣——

「幸好有放晴。」

穿著藍色泳衣的澪自言自語地說。

「真的耶，這種天氣最適合出去玩了。」

身穿粉紅色泳衣的絢花完全不顧大海，死盯著澪的身體看。

「要是下雨就掃興了。」

以淡紫色泳衣包覆住碩大胸部的雪菜加入對話。

「我可是最怕熱了……」

以黃色泳衣襯托褐色肌膚的瑠衣用手遮陽，並抬頭以憤恨神情看向太陽。

在場四位女生。

每一人身穿泳衣的模樣，都耀眼到不輸給夏日豔陽。

「大家，要擦防晒乳的話跟我講吧。我會溫柔地幫妳們擦。」

「真是可惜啊，惠太學長。我們早就擦完了。」

「什麼!?我還以為這是近距離研究泳衣構造的大好機會……」

「浦島同學來到海邊還是那麼變態啊。」

「就算是為了工作，我也不想讓男生幫忙擦防晒乳啊……」

澪傻眼地說道，而瑠衣則是用鄙視眼神看向惠太。

絢花在一旁看著大家說：

「不過真是難得，惠太竟然會邀我們出去玩。我以為你這個工作狂滿腦子都只想著內衣。」

「偶爾一次嘛。幸好能配合上大家的行程。」

在場成員都有自己的工作。

惠太和瑠衣是設計師和打版師。

澪在書店打工，絢花是人氣讀者模特兒，一年級的雪菜甚至還是最近重回演藝界的演員。

這麼一想，這個陣容還真是豪華。

「幸好水野同學的泳衣能用經費買。」

「拜、拜託不要一直盯著看……」

邀請澪參加合宿時才知道其實她沒有泳衣，拿這事與乙葉商量後，最後決定由公司出錢幫她買。

由於沒時間去店裡挑選，最後惠太依個人獨斷偏見去網購買了一件適合她的泳衣，而正如他所料，澪穿起來非常好看。

「穿上男生幫忙挑的泳衣，還真有點害羞……」

澪扭扭捏捏地說。

「不用擔心，穿上泳衣的澪同學真的是太可愛了。」

絢花站在澪面前，綻露成熟笑容說。

「是說惠太學長，你未免冷靜過頭了吧？你現在正被這麼多身穿泳衣的女生圍繞耶，就不能表現得開心點或是害羞嗎？」

「講是這麼講，可是我平常早就看慣妳們穿內衣的樣子啦。」

「單就暴露程度，確實跟內衣差不多啦。」

「嗚……」

雪菜聽了惠太和絢花的發言，略有不滿地嘟起嘴。

「我有個單純的疑問，明明暴露程度跟內衣相同，為什麼穿泳衣被男生看到就沒差？」

「浦島同學，這問題再怎麼想都找不出答案的。」

澪如此說道，總之會害羞就是會害羞。

在這世上，真的有太多不可思議的事。

「仔細想想，穿內衣的樣子明明不該被異性看見，我卻一直給浦島同學看……」

澪受到了帶有時間差的傷害。

看來她回想起自己不停給男生看見內衣這件事。

「話說回來——」

惠太環顧海灘一圈說。

「如此開闊的沙灘，竟然一個人影都沒有。」

現在這沙灘上，只有惠太他們五人在。

天氣如此適合出遊卻沒其他遊客，當然是有原因的。

「能連同別墅都一併借給我們使用，真的得好好感謝悠磨先生。」

「爸爸有好幾個私人海灘，最近幾乎沒用過就是了。」

「不愧是社長千金。」

「有私人海灘這種臺詞，我還第一次親耳聽見。」

瑠衣的資產階級發言，令絢花和澪不禁闡述心中感想。

「我身邊倒是挺多人有。」

「小雪的身邊，那不就是指演藝圈的人嗎。」

詳情就姑且先省略，當惠太尋找能舉辦合宿的地點時，瑠衣爸爸——也就是悠磨先生，好意將私人海灘借給他們一行人使用。

既然晚上能住在別墅，那這次合宿實際上只有花到交通費跟伙食費。RYUGU的經費其實也不是那麼充裕，此舉可稱得上是天降甘霖。

「下次得好好向他道謝啊。」

「不必啦。也不知道為什麼，我打給爸爸時一提到浦島的名字，他就二話不說答應了。我爸似乎還挺中意你的。」

「是嗎？我爸爸跟他似乎是朋友，八成是因為這原因吧。」

悠磨先生可是重要員工的家長。

考慮到未來的事，能跟他保持良好關係當然是再好不過了。

「好了，難得來一趟，我就幫大家拍些資料用的照片吧。」

「那種事晚點再說啦。」

「啊!?絢花!?」

惠太舉起的數位相機被絢花取走。

她將攝影器材藏在身後，以指責口吻說道。

「難得來到海邊，若是不好好玩一玩不就虧大了。」

「我也同意學姊說的。」

「怎麼連浜崎同學也……」

這下連RYUGU的專屬打版師都加入敵方陣營。

如今相機被沒收什麼事也做不成，儘管可惜，也只能晚點再拍了。

「沒辦法……我去架海灘傘吧。」

惠太暫時離開現場，在開始遊玩前先設置一行人的據點。

「……」

此時雪菜直盯著惠太。

確認唯一的男生離開後，她小聲地對其他女生說：

「大家聽我講一下。」

「雪菜同學，怎麼了嗎?」

「難得來海邊，大家要不要玩個遊戲?」

「「「遊戲？」」」

澪、絢花、瑠衣異口同聲說。

三人視線聚焦在黑髮學妹身上，而雪菜神情嚴肅地說了下去。

「在海邊玩這期間，我們來比賽誰最能讓惠太學長心動。難得換上全新泳裝給他看，他卻跟平時一樣無動於衷，我覺得自己身為女孩子的尊嚴受到挑戰了。」

「原來如此，要藉此扳回一城是嗎。」

「聽起來有點有趣耶。」

「是啊，我也覺得不錯。」

絢花、瑠衣、澪依序一致同意。

說什麼都得讓這個只對內衣有興趣的失禮男生怦然心動。

最好是還能看到他臉紅心跳的害羞模樣。

這一瞬間，四人團結一心。

「不過，遊戲輸贏該如何決定啊？」

「在合宿結束時，問惠太學長誰的示好最令他感到心動好了。」

雪菜回答瑠衣，於是她們就這麼說定了遊戲規則。

「那麼，首先要玩些什麼？」

「我有個提議！我想打沙灘排球！」

「這根本是對雪菜同學壓倒性有利嘛。」

「畢竟雪菜的胸部是真的很驚人。這麼做或許能牢牢抓住浦島的視線……」

女生們在白色沙灘上聊得十分熱絡。

而惠太一邊設置著他拿過來的海灘傘，一邊從遠處觀望她們……

「感情真好啊。」

雖聽不見聊天內容，不過她們玩得開心就好。

這樣帶她們來海邊玩也算是值得了。

「說起來，昨天的占卜好像說今天會邂逅命運之人……」

腦中忽然浮現起昨晚姬咲說的占卜結果。

第一個看見裸體的異性就是命中注定之人……

難道說，那個對象就在這四人之中？

「……不，怎麼可能啊。」

占卜就只是占卜。

內容姑且信一半就算了。

「浦島同學——！一起來打沙灘排球吧！」

「嗯，我現在過去！」

惠太回覆用力揮手的澪，接著趕緊把海灘傘裝好，就回到女生那邊。

難得來到海邊。

今天就遵照乙葉的建議，把製作內衣先擱在腦袋角落，和大家一起放鬆心情遊玩，好好享受青春吧。

題外話，一行人後來舉辦了沙灘排球大賽，在場所有人的發育都很不錯，連雪菜以外的女生也是胸部晃個不停。

雖然有一名女生，幾乎連搖都沒搖就是了。

為了她本人的名譽著想，在此就不多做評論。

◇

毫無仁義的沙灘排球大戰告一段落後。

澪、雪菜、瑠衣三人跑去海裡玩，而金髮美少女則手持數位相機，在沙灘上拍照。

那名美麗的攝影師，正是身穿泳衣的北條絢花。

她不只從正面拍，還會不時移動到側面喬角度，甚至會趴在沙灘上從低角度拍攝，看似拍得十分起勁。

惠太閒來無事便跑去向兒時玩伴搭話。

「絢花，妳看起來好像很開心啊。」

「那當然啊♪能看到女孩子們身穿泳裝在蔚藍大海玩耍，我真是太開心了。活著真是美好。」

「嗚哇，超級爽朗的笑容。」

她綻露出不輸給盛夏暖陽的燦爛笑容。

絲毫不隱藏自身慾望這點，反倒讓人產生好感。

「絢花為什麼會如此喜歡女孩子啊？」

「因為很可愛啊。尤其是年輕女生的肌膚又滑又嫩，全身還會散發好香的味道，光是看了就叫人欣喜若狂。」

「絢花妳自己也是年輕女生就是了。」

「我剛才有偷偷拍些若隱若現的照片，晚點再分給你當參考資料。」

「那真是多謝了。」

惠太與絢花熱情握手。

兩人到底是兒時玩伴，絢花非常瞭解惠太。

難得女生們穿著可愛泳衣。

若不拍照保存就太可惜了。

這些肯定能拿來當製作內衣的參考，至於那些若隱若現的照片，就晚點再仔細確認好了。

「那麼，絢花的照片就由我來拍吧。」

「咦？」

「妳難得穿這麼可愛的泳衣，不拍下來太可惜了。」

「可愛……也對。畢竟機會難得，就拜託你幫忙拍吧。」

或許是因為天氣太熱。

絢花遞交相機時，臉頰微微泛紅。

「那我要拍囉？」

「隨時都行。」

只能說絢花真不愧是職業模特兒，相機一對向她，就開始朝鏡頭擺出可愛姿勢。

像是雙手放在身後，從下方往上窺探。

又或是背對這邊，只有臉朝向鏡頭。

還有趴在沙灘墊上，手撐下巴。

因為拍攝對象實在太優秀，使得惠太無法自拔，結果數位相機的資料夾裡滿滿都是絢花的照片。

（這下我終於明白，為何絢花會如此熱衷了。）

拍可愛女生確實很開心。

除了想把對方拍得更可愛之外，還會想多看看對方的各種面貌，總之令人興奮不已。

惠太就像剛才的絢花一樣，從各種角度拍起兒時玩伴。

直到最後用低角度鏡頭拍到最理想的一張照片，惠太才緩緩站起身來。

「呼，這樣應該行了吧。」

他停止拍攝，看向數位相機螢幕確認剛才拍的照片。

絢花也靠過來，站在旁邊看著惠太手上的相機。

「如何？有把我拍得可愛嗎？」

「嗯，不愧是絢花，拍得超級可愛。」

「哼哼，那當然♪」

絢花可是每個月都會登上時尚雜誌的職業模特兒。

也因此，她深知怎麼做才能被拍得可愛。

「——我就是想讓惠太看，才特地挑了件可愛的泳衣呢。」

「咦？」

絢花突然以惹人憐愛的口吻嘟囔說。

氛圍與平時截然不同。

就在惠太為這不常見的反應心動之時——

他也因為驚訝而不小心按下相機快門。

快門響起喀擦一聲，而拍下的最新照片，將罕見地面露羞色的絢花，那最真實的表情給紀錄下來——

「呵呵，覺得心跳加速嗎？」

「咦……？」

「惠太，你臉好紅喔？」

「啊……」

聽到這句話，惠太才終於理解自己被捉弄。

可惜當他發現時已經太遲了，年長一歲的兒時玩伴，露出壞心眼的微笑，享受著惠太心生動搖的神情。

過一陣子，時間來到艷陽高照的午後。

依舊穿著海灘褲的惠太，坐在海灘傘下休息。

他隨意望向坐在沙灘墊上，用沙子做起精細雪人沙雕的絢花和瑠衣。

她們似乎把那雪人雕成女生造型，還莫名讓它穿起學校泳裝，使得畫面看起來整個超現實。

而澪獨自用著泳圈，在海上飄來飄去。

遊玩方式似乎會突顯出每個人的個性。

「跟女生一起到海邊玩……這就是青春啊……」

跟四位美少女一起來海邊合宿，總覺得自己成為了終極現充。

「……奇怪？小雪人呢……？」

惠太忽然察覺學妹不見人影。

她到底上哪了？

當他東張西望環視海灘——

「叫我嗎？」

「嗯？」

背後突然傳出聲音。

一回頭，發現自己正在找的雪菜就站在身後。

「太好了，我還以為小雪迷路了。」

「我又不是小孩子——來，請用。」

「哦，是刨冰啊。」

「是藍色夏威夷口味的。我發現別墅廚房有電動刨冰機，就做了這個。」

「那棟別墅連刨冰機都有啊。」

「一抵達我就先用冰箱製冰，沒多久就做好了。那台似乎是業者用的昂貴機種呢。」

雪菜熱烈地講述。

這財力實在驚人。

瑠衣爸爸，也就是浜崎悠磨，除了內衣公司外似乎還有經營其他事業，有機會真想好好向他請益。

「那麼我不客氣了。」

惠太心懷感激地接過插著湯匙的刨冰。

雪菜也拿著自己的份坐在惠太身旁。

接著撈了一匙刨冰送入口中。

「嗯～好冰♪」

「在海邊吃的刨冰真的是特別美味。」

惠太說著，也開始吃起刨冰。

用沁涼刨冰冷卻燥熱身體，實在令人感到暢快。

「惠太學長在做什麼呀？」

「我玩得有點累了，先休息一下。」

「原來如此原來如此。一邊休息一邊觀賞女孩子年輕水嫩的肉體是吧。惠太學長真的是很色耶。」

「色我不否定就是了。像我現在也是會忍不住去觀察小雪的乳溝。」

「這麼大大方方地說這種話，反而讓我不知做何反應……雖然早就知道了，可是學長你真的是個怪人耶……」

雪菜雙頰泛紅、舉止扭捏，似乎是因視線感到害羞。

就算這是個探究巨乳神秘的絕佳良機，但要是惹模特兒生氣可就得不償失了。

惠太只好就此放棄觀察。

「還有那是什麼啊？那個像雪人一樣的沙雕……」

「那個啊。我也不清楚。」

絢花和瑠衣一個勁地製作雪人沙雕（學校泳裝版），看來狀況漸入佳境。

就連泳裝也做得莫名精細，仔細看上去，明明只是個雪人，卻擁有相當傲人的上圍。

「虧她們有精神在這大熱天底下一直玩個不停。」

「就是啊，像我這種室內派的人體力根本支撐不住。」

「我也是。年輕人就是不一樣。」

「雖然小雪才是今天這群人中最年輕的就是了。」

雪菜是今年春天才剛上高中的一年級生。

姑且不論絢花跟瑠衣，用泳圈在海中游來游去的澪，才是真叫人感到意外，她個性雖然內向，到底也是在書店打工，體力似乎還不錯。

「……是說，惠太學長？」

「嗯？」

「我問一下——今天的我看起來如何？」

「咦？什麼如何？」

「我說泳衣啦！泳衣！我挑這件可是費了不少苦心呢……看了有沒有心跳加速？」

「呃……」

惠太重新確認學妹的打扮。

秀麗黑髮、白皙肌膚固然出色，不過最吸睛的還是那個被泳衣包覆住，實在不像是高中生擁有的胸圍。

這世上哪有男生不會被她那深深的乳溝所吸引？

不，沒有（肯定）。

不可能會有（斬釘截鐵）。

「這個嘛。我以為自己平時看習慣了，不過這麼近距離看到妳的乳溝，確實感到有些心動。」

「我是希望你稱讚泳衣，而不是胸部就是了……」

雪菜似乎不滿意惠太的答覆。

像個小孩一樣嘟起嘴。

「你看仔細一點啦。」

「小、小雪……？」

學妹把身體靠了過去。

行為變得比平時還要大膽。

大膽到直接把胸部貼著惠太的手，也不知道她是故意的，還是單純沒注意到。

即使看慣了女生穿內衣的模樣，惠太也只是個年輕男生。

看到異性的肌膚，不可能無動於衷。

「如何？」

「不……該怎麼說……」

「嗯？」

「小雪的胸部……碰到了……」

「……咦？」

經他一提，雪菜才將視線往下拉。

正如惠太所述，她那被泳衣包覆的胸部，硬生生地貼在惠太手臂上——

「咿啊啊啊啊啊啊!?」

「嗚哇，好冰!?」

終於理解狀況的雪菜，嚇到不小心將裝著刨冰的容器脫手，其內容物直接掉到惠太頭頂。

講直接點，狀況慘不忍睹。

如果只有冰也就算了，刨冰糖漿還流下來，搞得頭髮跟皮膚都黏答答的。

「對、對不起！……你沒事吧？」

「啊啊，嗯。我沒事。只是被冰到嚇了一跳——不過渾身黏黏的，我先去沖個澡。」

「嗯……真的是非常抱歉……」

雪菜顯得相當沮喪，像隻被責罵的小狗一樣。

惠太摸了摸學妹的頭安撫她後，便離開海灘。

「嗚……眼鏡上都是糖漿的味道……咦？」

走往別墅途中，拿下眼鏡聞了聞便皺起眉頭的惠太，忽然驚覺某項事實。

「注意頭頂……可能會降下不合時宜的雪……昨天那本書上寫的占卜，難道就是指刨冰……」

即使不合時宜的雪單純是指刨冰，不過能如此精準地成功預言，『真陀子夫人』真是太恐怖了。

或許夫人真能預見未來也說不定。

「若真是如此，那我真有可能邂逅命中注定的異性……？」

惠太並不相信占卜這一類的事物，如今真被說中了，使他不禁心想「說不定真有其事」。

「命中注定的異性啊……可是，再怎麼說都不可能會看到對方裸體吧……」

雖然惠太平時就常看到女生們穿內衣的樣子，但裸體可沒這麼輕易就能見到。

或者該說，他才想問到底要怎麼做才能發生這種情境。

刨冰的事純屬巧合。

既然是難得一次出遊，出這點小意外也很正常。

今晚要跟澪她們外宿，還是別想那麼多的好。

惠太邊思考邊戴上眼鏡，一抵達別墅，就直奔沐浴間。

◇

到了黃昏時分，一行人回到別墅吃晚餐。

這棟兩層樓的建築，大小雖與一般獨棟房子無異，外壁卻是由天然木材所打造，顯得外觀設計十分時尚，頗有避暑別墅的風格。

各自換上便服後，大家就聚集在寬敞的庭院露臺，準備進行夏天必備的烤肉。

他們把串好的肉、蔬菜、香腸、香菇拿到烤網上烤，再各自拿喜歡的東西吃。

「嗚哇，好好吃!?澪學姊，這個炒麵超級好吃耶！」

「真的耶。我都想直接把妳娶回家了。」

「這可是用了水野家秘傳的自製醬汁呢。」

澪所做的炒麵頗受好評。

她到底是平時有在做家事的人，製作炒麵的手法十分純熟，還美味到輕易抓住了在場所有人的胃。

「說起來——」

吃著極品炒麵的雪菜嘟囔道。

「星期一就要開始期末考了，大家出來玩沒問題嗎？」

「我平時就有在念書，所以沒關係。」

「我也沒有問題。」

「我也是，上課有乖乖聽課就能拿平均分以上。」

澪、瑠衣、惠太一個個回答。

「小雪沒問題嗎？」

「我平常都有聽課，應該沒問題。」

ＲＹＵＧＵ整體來說都很優秀。

絢花雖然是三年級，但成績在志願大學的及格範圍內。

瑠衣直到前陣子都還是名門女校的學生，沒有任何不安要素。

看來身邊沒有人會考不及格，姑且能夠安心。

「我去拿飲料。」

瑠衣將空盤放下起身。

「啊，我也一起去。」

惠太跟在同學後頭，從落地窗走進別墅。

露臺跟客廳就只隔著這扇落地窗，兩人踏入客廳，往裡頭廚房走去。

穿著符合夏日風格短褲的瑠衣打開大冰箱，將事先冰好的飲料遞給惠太。

「來，拿去。」

「好。」

惠太抱著瓶裝碳酸飲料看向瑠衣，隨意向她攀談。

「浜崎同學也慢慢習慣ＲＹＵＧＵ了呢。」

「嗯——？算是吧～」

「看妳跟大家相處得不錯，我總算是放心了。」

「大家都很和善啊。不光是澪跟雪菜，學姊雖然有點變態，但人也不錯。」

「啊哈哈。」

絢花喜歡女生早已是眾所周知的事實了。

如今她根本不打算隱瞞，一逮到機會就對溇性騷擾。

「浦島，你想到下次新作要設計哪種內衣了嗎？」

「還在考慮。」

「是喔。」

「我會盡快早點設計完，不然又會給浜崎同學添麻煩了。」

「啊，這可不是在催你喔？我純粹是期待而已，工作排程上還留有餘裕，你慢慢考慮吧。」

「那我就不客氣了。」

浜崎瑠衣對惠太設計的內衣情有獨鍾。

就是因為她太過喜歡RYUGU出品的內衣，她才會想把設計師——也就是惠太挖進自己所屬的品牌，甚至為此特地轉學過來，後來發生了不少事，反倒是她跳槽到RYUGU做打版師。

「不過浜崎同學能來RYUGU真是太好了。妳工作又快又仔細，還能準確地理解設計師的用意。」

「還行啦，我待在MATiC的時候也經常研究浦島的設計。」

「妳還肯當試穿模特兒，真的是幫了大忙。」

「那分明是被你硬逼去當的好嗎。都有那麼多漂亮的女生了，沒必要拉我做模特兒吧。」

「我覺得浜崎同學也很漂亮啊。」

「我是覺得自己外貌不算差啦……但是我身材並不算特別好啊？」

「才沒這回事。今天浜崎同學的泳衣可是讓我看得臉紅心跳呢。」

「……咦？」

瑠衣訝異地看向這邊，似乎沒料到我會如此回答。

「咦？臉紅心跳？浦島？對我？」

「為什麼要懷疑？浜崎同學那麼可愛，泳衣也很好看，現在穿短褲露出的腿，也是緊實得非常漂亮。」

「等等!?你在看哪啊!?」

瑠衣雙手拿起剛取出的罐裝飲料遮住腳。

「穿內衣的模樣都被我看過了，事到如今也不需要感到害羞吧。」

「是沒錯啦……總覺得被人盯著腿比內衣被看到還害羞……」

瑠衣扭捏地遮住腳說。

比起內衣，腳被看到反而更加害羞，女人心真是海底針。

「老實說，褐色皮膚跟泳衣的對比可是深受某些狂熱份子喜愛，是非常出色的搭配。」

「你這赤裸裸的真心話反而讓我不知所措啊……」

瑠衣冷冷地盯著我看。

那道冰冷視線，在酷暑下反而令人舒暢。

「……算了。差不多回去吧。」

「也對。」

瑠衣走在前頭，把瓶罐抱在C罩杯的胸懷中，又忽然想起某件事而回頭。

「浦島，如果工作有什麼煩惱都能找我談喔。」

「咦？」

「我現在是RYUGU的打版師，也就是你的搭檔啊。」

「……說得也對。」

這可靠的話語令我心頭一熱。

若不是認同並發自內心信任對方，是說不出這種話的。

能從不矯揉造作的她口中聽到這種臺詞，實在叫人感動。

「謝謝妳，浜崎同學。」

「嗯。」

瑠衣簡單點頭示意，再次踏步向前。

惠太看到她微微泛紅的側臉，不禁會心一笑，拿起寶特瓶跟在她後頭。

◆

夜裡，女生們一絲不掛在別墅浴室裡。

浴室非常寬敞，而裡頭檜木製的浴缸亦是，甚至所有人都進去泡都還有空間。

「浴室真的好大喔。」

「都能媲美溫泉旅館了。」

「雖然這裡實在沒辦法從泉源引水就是了。」

「光是這麼寬敞就夠奢侈了啦。」

澪、絢花、瑠衣、雪菜四人浸在熱水裡談天說地。

「對了，結果遊戲該怎麼辦啊？」

「啊啊，讓惠太同學臉紅心跳的遊戲？」

「雖然還沒問他，但我總覺得浦島會說大家都是第一名吧？」

「嗚哇……惠太學長一定會這樣講……」

大家開始熱烈聊起不在現場的男生。

如此一來，對話內容轉到經典話題上也只是時間的問題了。
「是說，大家有喜歡的對象嗎？」
年長者絢花開啟了女生聚會一定會聊到的戀愛話題。
「我完全沒有這類戀愛的故事可說。」
「我也是。」
二年級的澪和瑠衣率先給了無傷大雅的答案。
「我是女演員，事務所禁止我談戀愛。」
最後一年級的雪菜稍稍移開視線回答。
「又不是偶像，談談戀愛哪會有什麼問題啊？」
「那北條學姊又是如何呢？」
「喜歡的對象？當然有啊。」
「咦!?真的有嗎!?」
提問的雪菜詫異地說。
她整個上半身前傾追問，豐碩胸部頓時激烈晃動。
「到、到底是誰？」
「那還用說。是雪菜同學也認識的人。」
「難、難道……是惠太學──」

尖端出版
www.spp.com.tw
© Tomo Hanama 2022
Illustration: sune
KADOKAWA CORPORATION

「是澪同學喔。」

「咦？」

「我對澪同學可是一見傾心呢。」

「咦咦……」

學姊雙手捧臉，發出「呀♡」的可愛叫聲。

反觀雪菜則是一臉不滿，似乎對絢花給出如此答案感到掃興。

「所以澪同學，今晚要不要跟我睡同一張床呀？」

「對不起。我只想正常點一個人睡。」

「啊嗯，澪同學真是壞心眼。不過我也喜歡妳這麼冷淡的反應♡」

即使被冷漠對待，絢花仍不氣餒。

此時，剛才保持沉默的瑠衣加入話題。

「不過說到戀愛話題呀？妳們覺得浦島如何？」

「浦島同學嗎？」

「他好歹也是今天成員裡唯一的男生啊？大家得在這裡睡上一晚，還被這麼多可愛的女生包圍，應該多少會在意我們吧。」

「嗯……是這樣嗎？」

澪對這看法保持懷疑態度，瑠衣進一步追問：

「不然澪，如果浦島半夜摸黑上妳的床，妳會怎麼辦？」

「哪有怎麼辦，我認為浦島同學不會做這種事。」

「咦——？」

「怎、怎麼了……？」

「沒有啊？我只是覺得，妳可真信任浦島啊。」

「算是吧，畢竟我曾經找浦島同學商量內衣的事。」

惠太是個變態，但不是壞人。

而且為人意外地真誠，絕對不會做出傷害他人的行為。

這是澪對他的評價。

若非如此，澪才不會答應參加這次合宿。

「不過，他的確是個好人。在我發燒昏睡時還特地來照顧我……雖然內褲被他擅自拿去洗真的是非我所願……」

「惠太從以前就很溫柔喔……可惜他動不動就會想看女生內褲……」

「我為復出演藝工作而苦惱時，也是他從背後推了我一把……儘管後來他害我做了不少丟臉的事……」

「就是因為知道浦島同學最大的缺點，才會無法老實承認他是個好人。」

變態歸變態，人卻不壞。

反過來說，就是他並不是壞人，不過是個變態。

而且他為了製作內衣，幾乎什麼都願意做，這使得花漾少女們必須隨時對他抱持戒心。

「不知道惠太學長，有沒有喜歡的人啊？」

「「「……」」」

澪等三人一聽到雪菜出乎意料的發言，便一瞬間僵住。

然後——

「就我所知，沒聽說過惠太有這一類對象。」

「誰叫那傢伙滿腦子都只想著內衣。」

「我實在很難想像浦島同學會喜歡上人。」

「不是，大家剛才怎麼定住了，妳們現在故作鎮定也沒用好嗎？」

學姊們這次反而裝作沒聽見，看向別處。

雪菜看著她們那難以言喻的爛演技後心想。

成員裡在意異性的，似乎並非唯一的男生，而是女孩子們也說不定。

◇

「……咦？」

惠太睜開眼睛，發現自己身在灰暗的客廳。

他打了個呵欠，從沙發上起身，不知是誰幫他蓋的毛毯順勢掉到地上。

「一不小心睡著啦……」

或許是因為晚餐吃得太飽了。

大家烤完肉，惠太就不敵睡魔，在沙發上倒頭就睡。

其他人八成是不想吵醒他。客廳光源只有放在牆邊的時尚立燈，他拿起手機確認時間，剛過晚上九點。

「嗚哇，怎麼睡得全身是汗……」

全身被汗弄得溼答答的，怪不得睡得如此難受。

室內有開空調，不過溫度並沒有調得多低。

除了難受外，他也不忍心讓自己的汗水弄髒寢室床鋪。

「回房前先洗澡吧。」

惠太從沙發站起，朝走廊深處的浴室前進。

「大家都已經睡了嗎。」

別墅裡靜悄悄的，看來其他四人都跑去二樓寢室睡覺了。

於是惠太不疑有他，連門都不敲就直接打開更衣室的門——

「咦!?浦島同學!?」

「……嗯？」

包含澪在內的所有女生全在裡頭。

看來四人是剛洗好澡出來，她們別說是衣服了，就連內衣也沒穿，也就是全身赤裸站在裡面。

「奇、奇怪……？大家、竟然在洗澡嗎……？」

就連惠太自己也亂了陣腳。

穿著內衣倒還無所謂。

儘管跟裸體相去不遠，起碼最重要的部分都會被內衣藏住。

然而，現在的她們卻不同。

這次不是平時的試穿會，而是私底下出來玩。

四個人剛洗完澡，徹底放下戒心，而且正因為完完全全處於裸體狀態，才不知該作何反應。

「沒想到，你竟然會大大方方跑進來偷看。」

「惠太也是個男生呢。」

「惠太學長，你太差勁了……」

「浦島同學，這次你真的無法找藉口了。」

女生們各自用手或拿著的內衣遮住重要部位，滿臉通紅地說。

瑠衣單純就是生氣了。

絢花難得地感到害羞。

雪菜一如往常，露出看著垃圾的眼神。

澪則對他投以看似悲傷又像譴責的視線。

「呃……」

在這情況下，惠太能做的事就只有一件。

「真的是非常抱歉！」

「藉口晚點再聽你講，總之能拜託你先出去嗎？」

「是。」

惠太遵從澪的指示，迅速將門關上。

隨後搖搖晃晃地靠在牆邊，蹲在地板深深吐了一口氣。

「沒想到大家正在洗澡……」

惠太也是男人，看到女生裸體不可能毫無感覺。

那怕這件事純屬意外，他也差點被背叛女生們信賴的罪惡感給壓垮。

「等等喔？我看到所有人的裸體……那占卜結果到底該怎麼算？難不成命運之人就在她們四人之中……？」

未來或許會與其中一個看到裸體的人結為連理。

一想到有這種可能性存在，一股躁熱便衝上惠太臉蛋。

而當前不小心偷看到女生更衣，則是使他產生與想像未來不同的興奮。

「——浦島同學。」

「是！」

惠太立正抬起頭，穿好衣服的女生們將他團團包圍。

「讓你久等了，現在就讓我們聽聽你的藉口吧？」

「你可別以為自己有辦法逃走喔，惠太學長？」

「反正我們不可能讓你逃走就是了。」

「今晚似乎會變得很漫長呢。」

散發出靜謐怒火的澪，面帶笑容反而顯得更可怕的雪菜。

一臉生氣的瑠衣，以及不知為何看似開心的絢花紛紛開口。

「等我回去，要跟家人一起著手設計新作內衣……」

惠太說完這段立死旗的臺詞後，就被拖到客廳，在堅硬地板上罰跪，接著如占卜所述，召開了無人辯護的審判。

沒有人站在他這邊，使得惠太如坐針氈。

最後被告只能不斷拚命道歉，直到四人都原諒他為止。

◆

偷窺狂的審判結束。場景轉到別墅二樓房間，雪菜身穿居家服，坐在其中一張單人床上。

絢花坐在她面前的椅子上，拿梳子保養頭髮。

閒閒沒事的雪菜，不自覺地看著她的金髮看到入了迷。

「北條學姊的頭髮，真的好漂亮喔。」

「是嗎？謝謝妳。」

「我也乾脆重新留長好了……」

「我覺得妳留短髮也很好看喔。」

「而且現在這長度也比較輕鬆。」

其實雪菜很中意自己現在的髮型。

童星時期她曾經留過長髮，但保養起來實在太麻煩，結果一停止演藝活動，她就一口氣把頭髮剪短。

頭髮梳理完畢後，絢花便起身坐到自己床上。

「不過真是可惜。沒辦法跟澪同學睡同間房……」

「那是因為北條學姊有推倒澪學姊的前科啊?這次妳就勉為其難跟我同房吧。」

「哎呀，我也喜歡雪菜同學喔？」

「咦……」

「妳很可愛啊。長得漂亮又有女人味，而且胸部大，簡直是太棒了。」

「謝、謝謝……不過，妳可別半夜鑽進我被窩喔？」

「哎呀，真是冷淡。」

北條絢花其實有百合癖好，這使得雪菜實在無法掉以輕心。

不過現在這種事一點都無所謂。

因為雪菜更在意剛才發生的事件。

「唉……沒想到會被惠太學長看到裸體……」

「我想惠太應該不是故意的喔？」

「這我雖然明白啦……」

即使明白，也無法輕易當沒發生過。

畢竟雪菜可是第一次被男生看到裸體。

這丟臉的程度，可不是內衣被看到能夠相提並論。

「是說北條學姊，難道妳覺得沒關係嗎？」

「我曾經被他看過好幾遍了。」

「咦!?北條學姊跟惠太學長，原來是這樣的關係嗎!?」

「講是講看到，不過那都是小時候的事喔？」

「啊啊，因為妳們是兒時玩伴嘛。」

這位嬌小可愛的學姊，跟惠太自幼就非常親暱。

和剛認識沒多久的自己不同，他們曾一同度過了漫長的時光。

雪菜這麼一想，心情就變得有點不悅。

（是說……為什麼我必須為這種事感到不愉快啊？這樣不是弄得好像我在嫉妒一樣嗎……）

她揮去在心中盤旋的混亂情緒。

所幸的是，絢花似乎沒有察覺她內心的想法，只是像安撫小朋友一般，溫柔地對她微笑。

「難得大家一起辦合宿，希望妳不要對惠太那麼生氣。」

「這麼說也對。今天難得可以不用顧慮他人目光盡情玩樂……」

自從雪菜回歸演藝圈後，就敲定演出連續劇、拍廣告，她再次成為了世人所熟知的名人。

當外出時，她必須要變裝，還得顧慮各種事情。

也因此，今天她是發自內心感到放鬆。

「惠太為了雪菜同學，還特地找了人煙稀少的海水浴場喔。」

「咦？」

「雪菜同學是名人，他怕妳會在意旁人目光無法放鬆去玩——雖然他一開始似乎找不到這樣的場地。」

「原來是這樣……」

惠太似乎為了雪菜這個名人，特地去找鮮為人知的海灘。

聽她這麼一講，實在難以讓人產生厭惡。

不如說是——

「哼——？」

雪菜偷偷用手背遮住上揚的嘴角。

這樣的表情，絕對不能被其他人看到。

「嗯？雪菜同學？」

「我有點睏，先睡了！」

說完她便躺在床上。

「咦？已經要睡了？人家還想繼續聊天啦～」

不論絢花在身後說什麼，雪菜因為還無法收回表情，只能繼續背對著她裝睡。

「……沒辦法，偷窺的事就原諒他吧。」

儘管雪菜也覺得自己這樣太好擺平了。

不過，惠太的心意就是如此令她開心。

打從認識惠太，她的內心就躁動不已。

又是哭泣，又是生氣，又是歡笑。

同時，她也非常珍惜這忐忑的心情。

在合宿夜晚，雪菜就這麼抱持著甜美幸福的心情，和緩地墜入夢鄉。

◇

「——嗯？」

當惠太察覺異狀，時間已經過了零點。

他身在別墅二樓其中一個房間。

由於他在客廳睡過，現在毫無睡意，正拿平板確認今天拍的照片時，忽然聽見房門外傳來微弱腳步聲。

步聲經過房門前，最後似乎走下樓。

惠太從椅子上站起，向窗外確認，看見溜出門的人走往海邊。

「那人是……」

時間已是深夜。

儘管這裡是私人海灘，讓女孩子獨自走在外頭實在危險。

惠太實在擔心，於是決定跟上去，他連衣服都沒換就直接走出房間。

他穿過走廊下樓梯，穿上運動鞋走出戶外。

然後邊呼吸著夏天的微暖空氣，邊往海邊走去。

「……找到了。」

月色皎潔通透，與在城市裡見到的截然不同，澪在那月亮底下，靜靜地看著大海。

他穿著帶有夏日氣息的輕薄連身裙，就和洗好澡時相同。

若現在是白天，那肯定適合搭配一頂草帽，不過純白連身裙配上月夜的組合，也是非常相襯。

惠太觀賞女同學美麗的臉龐片刻，才靠近向她搭話。

「水野同學。」

「咦？」

澪驚訝地回頭，眼珠子整個睜大。

「浦島同學？你怎麼來了？」

「我看到水野同學出門。」

「啊，抱歉。我吵醒你了？」

「沒有，我傍晚睡了一陣子，現在睡不著。剛才在看白天大家拍的照片。」

「絢花學姊，拍了好幾張呢。」

「絢花拍的照片，幾乎都用差點走光的角度拍。」

「晚點把檔案給我，我會負責刪掉。」

「我拒絕。這可是寶貴的參考資料。」

「浦島同學，不要以為說是參考資料就能被原諒好嗎？」

澪露出可愛的傻眼表情，並以帶刺的口吻說。

一如往常。

澪接下模特兒工作時日尚淺，不過和她在一起，總是令人放鬆。

「水野同學也睡不著？」

「我跟瑠衣聊到剛才。她先睡了……不過我覺得，現在睡覺有點可惜。」

「可惜？」

「其實我是第一次像這樣一群人去旅行。國中修學旅行，我怕那件醜內衣被看見，只能藉故推託在房間裡洗澡。之前去澡堂時也是，跟大家一起洗澡真的很開心。」

「水野同學……」

「美中不足的，就是被浦島同學偷看吧。」

「抱歉，我真的不是故意的。」

話雖如此，偷看到大家換衣服仍是事實。

惠太只能誠心誠意地對大家道歉。

此時澪突然靠近惠太，抬眼看向他的臉說。

「浦島同學……」

「什、什麼事？」

「哪個人，讓浦島同學最有心動的感覺？」

「什麼？心動？」

「是啊。今天合宿，誰讓浦島同學最有心動的感覺？」

「妳怎麼突然問這個？」

惠太不明白她這問題的意圖。

於是請求說明，而澪簡單解釋。

「其實，今天雪菜提議要玩一個遊戲。就是女生之中，能最能讓浦島同學有心動的感覺。」

「妳們竟然玩這種遊戲啊……」

「最後要由浦島同學，來選出遊戲的贏家。」

「原來是這樣。」

怪不得今天女生特別積極。

在惠太不知情的地方，竟然玩起這麼開心的遊戲。

「就是這麼回事，希望你能選出冠軍。」

「嗯──這個嘛……所有人都是第一名不行嗎？」

「這是我能想到最爛的答案了。」

「嘴巴好壞啊……」

澪把惠太的回覆貶得一文不值。

他只是希望給出一個無可非議的答案，卻受到澪的強烈噓聲。

「不過這種事，到底要怎麼回答才不會傷和氣啊。」

「就是這樣才有趣啊。」

「水野同學竟然難得表現出虐待狂的一面。」

「所以呢?真要選一人的話，你會選誰？」

「就算妳叫我選……」

回想起來，今天有太多令人臉紅心跳的事件了。

看到絢花可愛的一面。

雪菜大膽地貼上來。

因瑠衣的美腿感到興奮。

最後還在更衣室，將剛洗好澡的女生胴體深深烙進眼底。

（發生太多事情，實在很難選出誰才是第一啊……）

就在惠太仍優柔寡斷地思考時。

「……嗯？」

上一秒，澪的連身裙還隨著海風飄逸，轉瞬之間，裙擺在惠太眼前揚起。

這能說是夏日之神的惡作劇。

澪系列第一號作品，水藍色內衣於月光下現形，它展露出自身可愛的造型後，又再次被裙子隱藏。

「…………」

「…………」

兩人陷入沉默。

儘管遲了一步，澪這時才急忙用手蓋住裙子，而惠太對著滿臉通紅的澪說：

「——嗯，應該是剛才這個最讓我臉紅心跳吧。」

「我一點都高興不起來好嗎!?」

沒有女生內褲被男生看到還會感到開心。

或許這世上真有癖好如此偏門的女性，但起碼澪並不是。

「謝謝妳。這讓我再次確認，內衣果然是最棒的。」

「比起裸體，內衣還更令你心動，浦島同學果然是個變態……」

澪略帶不滿地說。

明明贏了遊戲，她卻一點都不覺得開心。

「我們差不多該回去吧。那麼晚我也想睡了。」

雙頰仍微微泛出一抹嫣紅的澪，朝著別墅走去。

現在是不是別追上去比較好啊？

澪經過不明白少女心的惠太身邊，向前走了一陣，又轉過頭說。

「你怎麼還愣在那？」

「咦……？」

「你沒經過同意偷看我的內褲，當然要負起責任互送我回別墅啊。」

「──您說得是。請交給在下吧。」

惠太聽了澪的話後微微一笑，背向大海朝她身旁走去，接著配合澪的步調走回別墅。

和女同學在夜晚海邊聊天，一起在沙灘上散步──

他心想，這樣子，確實很有青春的味道。

◇

隔天，過了星期天晚上九點。

乙葉坐在自家公寓客廳沙發，視線從手上平板抬起。

「——所以?這就是這次合宿的成果?」

「嗯!」

精神抖擻地回話的人，正是站在沙發旁的惠太。

海邊合宿結束後，惠太一回到家就著手設計新作，並在當天提交設計圖給公司代表。

「這是我昨天看到大家裸體想到的。女孩子的身體本身就有一種完好的美感。而這個就是從中獲得靈感，所設計出的劃時代內衣……也就是『與裸體無異，無限趨近於無色透明的內衣』!」

「不是，你到底想做出怎樣的色情內衣啊。」

「咦?不行嗎?」

「你這不是廢話嗎，當然不行。」

惠太所提出的新作設計，理所當然地被可靠代表的英明決斷給駁回了。

乙葉將顯示出透明內衣設計圖的平板電腦還給惠太，深深嘆了一口氣。

「真是的，看你這個樣子，前途實在令人擔憂啊。」

「真有這麼糟嗎？」

「……」

乙葉完全無視惠太的提問，並告訴他。

「你真的明白嗎？距離『期限』只剩下一年，已經沒多少時間了。」

「期限啊……」

「要是在那之前不讓你老爸認同，ＲＹＵＧＵ就……」

「我知道。我會在期限之前，做出能讓爸爸認同的內衣。」

這是惠太除了乙葉外，沒對其他人說過的事。

他從父親那繼承了內衣品牌『ＲＹＵＧＵ　ＪＥＷＥＬ』。

不過要繼承這個品牌，還額外附帶了一個條件。

父親在最愛的妻子去世後，無心繼續經營ＲＹＵＧＵ，而惠太為了說服他，提出一個讓步方案。

惠太必須在父親訂下的期限前，創造出能讓他認可的內衣。

而期限，就是惠太升上高中三年級前。

浦島惠太必須趕在時間之內，製作出超越父親這個ＲＹＵＧＵ創辦人的最高傑作。

第三章　最近，學妹的樣子有點怪？

合宿剛結束，星期一就緊接著期末考。

這個如地獄般的三天，會一視同仁地降臨在所有學生身上。

有乖乖準備的學生將贏得榮耀。

至於完全沒有念書的愚笨之徒，毫無慈悲的試煉第一天將為他們帶來恐懼，所幸惠太作答得還算順遂。

「惠太，數學考得如何？」

班會結束後，朋友瀨戶秋彥走到惠太座位旁。

「短時間內不想看到任何數學公式了。如果是胸罩的尺寸表，我倒是能看一輩子。」

「就我來說，比起胸罩我更想拜見底下的美景。」

擺脫第一天考試後，惠太開始和秋彥打屁講蠢話。

他的發言害惠太再次想起，前陣子發生在浴室那起不可告人的意外。

「什麼什麼～？你們在聊什麼？」

從秋彥身旁冒出頭搭話的人，正是吉田真凜。

這位綁著雙馬尾的同學，目前正單戀著秋彥，而澪也在她身旁。

「我們只是在說最大的難關數學終於考完，一整個神清氣爽。你說是吧？惠太？」

「沒錯。」

「啊哈哈，我懂。我也討厭數學～」

惠太配合好友撒了個彌天大謊。

畢竟在女生面前提起胸部的話題，實在是不太得體。

（……嗯？）

此時惠太察覺到。

站在真凜身旁的澪，正用比平時冷漠許多的眼神盯著兩名男生。

「……明明就在說想看內衣底下之類的話（小聲）。」

看來澪聽見了秋彥的發言。

總覺得每當澪跟秋彥碰面，心裡對秋彥的好感就不斷下滑。

「對了吉田，考試結束後我們一起辦個動畫鑑賞會吧。我會找姊姊都出門的時候。」

「可以嗎？好耶～♪」

秋彥和真凜有個共通點，其實兩人都是阿宅。

真凜至今仍未對他傳達心中情感，不過兩人會定期互借漫畫，感情似乎是越來越好。

「啊，對了，浦島同學。」

「怎麼了嗎，吉田同學？」

「我有事想找浦島同學談，或者該說有事想拜託你。」

「嗯？什麼事？」

「我現在正在做夏COMI的角色扮演服。」

「啊啊，吉田同學有在玩角色扮演嘛。」

先前澪曾給惠太看過照片。

真凜對角色扮演有著非凡的熱情，就連衣服也是親手縫製。

「我想拜託浦島同學，幫我製作適合角色的內衣。」

「適合角色的內衣？」

「沒錯！這次要角色扮演的是我最喜歡的角色，所以今年我打算連同內衣也用心準備！」

真凜握拳強調。

光是聽這熱情發言，就能明白她有多麼用心了。

「原來如此。適合角色的內衣啊……」

惠太陷入思考。

單純設計當然是沒問題，不過要配合角色製作內衣，就必須進行密切討論，而且直接向負責縫製的人商量，或許能夠做出更加符合形象的內衣。

「若是這樣那與其找我，去找浜崎同學可能比較合適。」

「浜崎同學，是指瑠瑠嗎？」

「瑠瑠？啊啊——她名字叫瑠衣嘛。」

惠太自己念了一遍就立刻發現。

這取名品味還真可愛。

「最近她常跟澪澪在一塊，所以我跟她也變朋友了。」

「我之前就這麼認為了，吉田同學的社交能力真的好驚人啊。」

她個性開朗、表裡如一，跟她聊天非常愉快。

這類型的女生，與誰都能和睦相處。

就連受蠻橫姊姊影響，搞到不信任女性的秋彥都跟她相當要好，也難怪她在班上男生之間頗有人氣。

「我記得瑠瑠，是在浦島你們那做打版師嘛？」

「嗯。我沒辦法像她連縫製也一手包辦。剛好現在正值比較閒的時候，等考試結束後我再去問問她能不能幫忙。」

「謝謝你，浦島同學！」

真凜雙手握住惠太的手用力地甩啊甩的。

雖然還沒辦法肯定瑠衣會幫忙，不過熱心助人的她八成會接受才對。

看向周遭，二年E班有一半以上的學生都回去了，為準備明天考試，惠太一夥人也決定就此解散。

惠太把文具收進書包，起身離開教室。

「……嗯？」

當他走向教室出入口時，發現走廊上有一名黑髮女生偷偷摸摸地看向自己。

「咦？小雪？」

眼神對上的瞬間，對方就立刻躲了起來，不過那人肯定是學妹長谷川雪菜。

「她是來找人的嗎？」

要走進高年級教室其實需要點膽量，這點惠太也很清楚。

當他想問雪菜想找誰，自己可以幫忙叫人時，走廊上就只剩下幾名同學，而學妹早已不見蹤影。

「她到底怎麼啦？」

即使在意，但本人都不見了也無從確認。

正當惠太打算回家時，卻被身後傳來的靦腆聲音叫住。

「那、那個，浦島同學……」

「嗯？啊啊——佐藤同學。」

他一回頭，就見到一名身高一七〇公分的高個女生站在那。

這名和惠太一樣手提書包，與短髮非常相襯的女生正是佐藤泉。

她是澪和真凜的朋友，雖然個性內向，卻是個從國中就加入排球社的運動少女。

「怎麼了嗎？」

「嗯……那個啊？」

惠太問道，泉才畏畏縮縮地說明來意。

「晚點，我能稍微占用你一點時間嗎？」

惠太被泉帶到往屋頂前的樓梯間。

考試期間社團停止活動，幾乎所有學生一放學就立刻回家，因此在這時不會有人走上屋頂。

就安靜又方便說話而言，這是個絕佳的地點。

「不好意思，在教室談會有點害羞。」

「又有內衣的事想找我商量？」

「啊，不是那樣的……」

泉扭扭捏捏地說。

她從書包中取出某樣東西，雙手遞上。

「這個，是送你的。」

「這是……」

惠太確認收到的禮物，是袋包裝漂亮的餅乾。

仔細一看，餅乾上還加了大顆的巧克力片。

「這是丁字褲那次的謝禮。我一直苦惱該送些什麼，後來我問真凜，她說只要送男生親手做的餅乾，他們都會很開心。」

「吉田真的很懂男人心啊。」

不愧是社交能力超高的吉田同學。

連給這類意見都精準到叫人吃驚。

「意思是，這餅乾是佐藤同學親手做的？」

「嗯。我試過味道，應該做得不錯，你可以在念書時吃。」

「謝謝。腦子動過頭就會想吃點甜的，真是幫了大忙。」

「太好了。」

泉綻露笑容，心中大石終於落下。

她那成熟的笑容，跟真凜那有如太陽般的笑臉，有著截然不同的魅力。

「還有，我想問啊？等考試考完，浦島同學工作有空時就好，要不要和我去看個電影——」

就在泉正想訴說什麼時，背後突然傳出「喀噠」的聲響。

接著又傳出了「糟糕!?」的人聲，惠太看向聲音出處，發現一名似曾相識的黑髮少女躲在通道角落。

「咦？又是小雪。」

剛才她也出現在教室，意思是……

「難道說，她找我有事？」

「似乎是這樣沒錯……」

「為什麼她要躲起來啊？」

「不知道耶？」

兩人歪頭感到不解。

狀況越來越神秘。

「是說佐藤同學，妳剛才是不是有話想講？」

「啊，沒有啊！其實沒什麼事！」

泉兩手在胸前揮來揮去，隨後露出尷尬的笑容說：「就這樣，明天見。」說完她就下了樓梯。

「嗯……」

之後惠太姑且往雪菜消失的地方走去，結果正如他所料，走廊上空無一人。

「——就是這樣，小雪狀況有點怪怪的。」

「哼——這樣啊……」

「浜崎同學，我是不是做了什麼事惹小雪討厭啊？」

「等等，在那之前，先解釋一下你為什麼會在我房間裡？」

當晚，惠太來到鄰居浜崎瑠衣的房間。

兩人早將身上制服換成便服，房間主人瑠衣坐在自己的書桌，惠太則將教科書攤在矮桌，兩人完全進入念書模式。

「浜崎同學的房間，莫名讓人靜下心呢。」

「有你在我倒是一點都靜不下來。」

「而且在自己房間，我就會忍不住打開平板，根本無法集中精神念書。」

「你想說的我是懂啦……即使是如此，都這麼晚了還跑到女生房間是怎樣……」

現在時間已經過了晚上九點。

雖然要睡覺還嫌早，但的確不是該去異性房間打擾的時間。

「啊，要我泡杯茶嗎？我有補浜崎同學喜歡的紅茶，本來快喝完了。」

「你簡直把這當自己家嘛……」

瑠衣嘆道，她與其說是傻眼，不如說是放棄了。

她將椅子跟身體轉向惠太，擺出一副「願聞其詳」的態度。

「所以？你說雪菜怪怪的？」

「嗯……可是我完全不知道自己做了什麼。」

「你說她的態度像是在迴避你喔。」

「對啊。而且她時不時就跑來觀察我。」

「這應該是那個吧？像是少女漫畫裡，女主角開始在意主角，就會採取的那種行動。」

「不，總覺得不太像啊……」

學妹的視線中並沒有夾雜著那一類酸甜氛圍。

真要說的話，那反應更像是被帶到陌生家中而深感困惑的貓……

「不然就是她純粹討厭你吧？或是擔心浦島又搞出什麼莫名其妙的事，所以才會盯緊你。」

「嗯……感覺都不像啊……而且要論我被小雪討厭的原因，應該只有合宿時看到妳們換衣服那件事……」

「那理由已經夠充分了好嗎。」

再怎麼思考，都無法找出雪菜做出這種奇妙行為的原因。

「算了，反正真的有事，她就會主動對你說吧，現在也只能靜觀其變。」

「也是。」

既然想不透，那思考再多也沒用。

現在還是眼前的考試重要多了。

「明天還要考試，先專心念書吧。」

「不，我比較希望你快點回去……」

題外話，惠太其實認為瑠衣是位傲嬌少女。

理由非常簡單——

「是說今天，吉田同學說想要做角色扮演用的內衣，浜崎同學能幫她嗎？」

「為什麼是找我？」

「我覺得與其讓我設計，找浜崎同學還比較適合。」

「唔……真是拿你沒辦法……雖然得跟ＲＹＵＧＵ的工作同時進行，但我做就是了。」

她總會裝作一副冷漠的樣子，到頭來還是願意幫忙。

隨後，瑠衣也心不干情不願地讓惠太待在房間，甚至還鉅細靡遺地教導他不明白的地方，使他讀書效率大增。

◇

時間來到兩天後，也就是考試最後一天。

惠太平安考完，放學後，他前往被服準備室，卻被黑髮學妹監視。

「……」

「……」

兩人隔著桌子相對而坐，雪菜一語不發，只是盯著惠太看。

考試結束，惠太只想在準備室裡悠哉度過，結果雪菜一進來就演變成現在的情況

——

「……那個，雪菜？」

「怎麼了嗎？」

「這應該是我要說的臺詞吧……妳從剛才就一直盯著我看，有什麼事嗎？」

「沒有啊？完全沒事。」

「這、這樣啊……」

那妳這個欲言又止的視線是怎麼回事？

在這兩人獨處的空間裡，被異性死盯著看，實在叫人靜不下心。

惠太本以為自己臉上沾了什麼東西，看來並非如此。

（難不成，是我平時會若無其事地偷看小雪胸部的事穿幫了？）

即便如此，惠太也不認為自己有錯。

因為那裡有巨乳，所以看了。

若有機會看到乳溝，那大家一定會想將那景象烙入腦海。

這是被深深刻進基因的男性本能，與自身意志無關，而是眼睛自然而然就會飄過去。

故此，他並不覺得盯著學妹胸部看有什麼好丟臉的。

「惠太學長。」

「是，對不起！」

「為什麼要道歉？」

「我也不知道。」

惠太完全像個行蹤可疑的變態。

隨後他故作平靜回應。

「所以，妳想說什麼？」

「也不是什麼重要的事——惠太學長，妳曾經幫助過許多女生對吧。」

「咦？幫助？」

「學長不是陪雙馬尾的可愛學姊商量事情嗎，那位高個子的漂亮學姊，她還親手做了點心送你對吧。」

「啊啊，妳說吉田同學跟佐藤同學啊。」

「吉田同學跟佐藤同學？」

「是我同班同學，她們是水野同學的朋友。」

「澪學姊的……是說她們，似乎跟惠太學長很親暱呢。」

「她們只是找我商量內衣的事，佐藤同學的點心是當時回禮。我當時已經說不用在意了，她還真是一板一眼。」

「哼——？」

「怎、怎麼了……？」

「沒有啊——」

怎麼回事。

今天學妹心情似乎差到極點。

「真是的，竟然一臉悠哉……我明明那麼苦惱耶……」

「苦惱？難道又有人在網路上對妳的胸部指指點點？」

「才不是呢……」

雪菜偷偷抬眼瞥向這。

隨後黑髮學妹終於做好覺悟，開口說：

「那個，先前的事謝謝學長。」

「咦？什麼事？」

「我聽北條學姐說了。學長為了我，特地找了比較少人去的海灘當合宿地點。」

「啊啊……」

雪菜是個名人，為避免太過顯眼引發問題，於是惠太特地去找人煙稀少的場所。

惠太本人並沒有刻意提起這件事，似乎是絢花告訴了她。

「多虧學長，我真的玩得非常開心，所以想跟你道謝。」

「難道，妳就是為了講這件事才追著我跑？」

「每當我想開口時，就會感到害羞……」

「小雪也太有禮貌了吧。」

惠太身為主辦者，當然會希望所有成員都充分享樂，如今從本人口中聽見她玩得開心，他也覺得一切安排都是值得的。

雖然這學妹偶爾有些囂張，這種時候倒是很可愛。

「……不過，偷看換衣服真的是差勁透頂就是了。」

「那件事真的是非常抱歉。」

惠太認為那次意外全都是自己的疏失。

既然參加者全都是女生，那自己應該要多加留意才對。

「我身為男人，應該為那次事件負起責任。」

「負責!?你、你的意思是……」

「只要小雪要求，我現在就去自首。」

「不對吧，何必搞得那麼沉重!?」

「可是……」

「還可是，我並沒有要求罰得那麼重好嗎!?」

「既然小雪這麼講的話……」

「為什麼你看起來有點遺憾啊……」

聽到雪菜原諒自己，惠太才終於安心。

畢竟他也希望避免朋友之間為這事尷尬。

「不過，合宿真的是玩得很開心。其實最近我在忙電影工作，完全沒時間放鬆。」

「妳接到電影工作啦？恭喜。」

「謝謝。我可是演女主角呢。」

「那可真厲害。」

一復出就敲定演連續劇，如今還拿下電影女主角寶座。

雪菜身為演員的實力，果然是貨真價實的。

「……惠太學長，沒打算找個戀人嗎？」

「戀人？」

「學長身邊有這麼多可愛的女生不是嗎。像是澪學姊跟浜崎學姊，北條學姊還是你的兒時玩伴呢？為什麼都沒聽說你有打算談戀愛？」

「嗯——目前應該沒這打算吧。」

「為什麼？」

「我從以前就滿腦子只想著內衣的事，也從來沒被女生告白過。」

「哼——？這樣啊？」

雪菜不知為何看上去有點開心。

得知學長沒女人緣真的這麼有趣？

「照這狀況下去，惠太學長這一輩子都會是處男喔。」

「妳這話也太毒了吧。」

突然講這種勁爆發言，真是嚇死我了。

可惜內容本身還挺符合現實的，無法否定她實在心有不甘。

我差點都忘了，這個學妹嘴巴其實很毒。

（算了，她恢復成平常那樣就好。）

看雪菜一臉開心的樣子，讓我心情也跟著輕鬆不少。

如果這樣能讓她打起精神，那我就接受一輩子都是處男的汙名吧。

「……不過，試著找找看似乎也不錯。」

「找什麼？」

「戀人。」

「咦!?認真的嗎!?」

「仔細想想，如果有個可愛的女朋友，那不就能讓她試穿內衣樣品穿到爽嗎。」

「啊，到頭來還是為了內衣啊……」

聽到最後學妹舒了口氣。

這反應令惠太感到不解。

「小雪，為什麼妳會鬆口氣啊？」

「什麼!?我哪有啊!?」

「是嗎？」

「就是啊！拜託學長別說這種奇怪的話！」

剛才還笑得正開心，轉眼間就生氣了，女人心還是這麼難懂。

如果能明白這個難解的問題，或許能使製作內衣的技術登峰造極也說不定，但總覺得個中道理不論花多少年都無法解開。

惠太與說要去洗手間後回家的雪菜道別後，就離開準備室前往校舍入口，他從鞋櫃取出鞋子換上，走出校舍。

「嗯？那是……」

走到一半，他便停下腳步，因為他在來賓用停車格看到一台似曾相識的黑色車子。

車旁還站了一位同樣似曾相識，雙手抱胸的西裝女性，她還留著一頭令人印象深刻的短髮，當這人抬頭的瞬間，兩人正好視線交會。

「你是當時的……」

「上次見面應該是在便利商店那次吧，柳小姐。」

那是惠太第一次見到雪菜時的事，當時他為了尋找雪兔大福的限定商品，走遍了家附近的便利商店，最後在超商停車場目睹巨乳少女和柳起了爭執。

最後他試圖介入勸架，這就是惠太和雪菜的邂逅。

後來惠太才聽說，柳其實是雪菜的經紀人。

「當時對你態度那麼差，真是對不起。」

「請不必介意，我也說了失禮的話。」

「聽你這麼講我就放心了。」

這次她並沒有敵意。

感覺口吻比先前來得溫和。

「柳小姐在等小雪嗎？」

「是啊，接下來要去工作。」

「邊上學邊工作真辛苦啊。」

「是啊。所幸今天的工作不會花太多時間，馬上就能結束送她回家。」

即使是學生，只要接了工作就必須以工作為重。

和大人一起工作的惠太，對這點可說是感同身受。

「對了，我好像還沒自我介紹。我叫做浦島惠太。」

「你的事我聽雪菜說了。你好像是ＲＹＵＧＵ的設計師。多虧有你，那孩子才下定決心復出，這點必須向你致謝。」

「我只是做了件合身的內衣給小雪而已。」

惠太認為自己純粹是解決她對於胸部的煩惱，再稍微推她一把而已。

最後決定要復出的是雪菜，而真正的功臣應該是守護她棲身之處的柳。

「對了。我有件事想問你，現在有空嗎？」

「什麼事呀？」

「是關於雪菜的事，我有點在意她在學校過得如何。」

「小雪過得如何？」

「是啊，她最近有沒有顯得怪怪的？像是……沒什麼精神，或是有些沮喪之類的……」

「沒有啊？剛才我們還小聊了一下，小雪跟平常一樣，就是嘴巴有點毒啊？」

「是嗎……不，沒事就好。不好意思，問這種怪問題。」

「不會。」

儘管在意她為什麼要問這些，但雪菜現在工作那麼忙，可能只是擔心雪菜兩頭跑忙不過來。

「浦島同學。」

「是？」

「現在雪菜拿到電影的角色，她將會變得越來越有名。雖然我沒資格說這種話，不過她在高中或許會變得過於醒目。希望你能多多關照她。」

「那當然。」

我沒理由拒絕。

因為她是RYUGU重要的模特兒，也是我可愛的學妹。

◆

雖然有些唐突，其實長谷川雪菜最喜歡洗澡了。

儘管喜歡洗澡，可是她幾乎沒去過澡堂。

那是因為她擁有超越平均尺寸的傲人G罩杯，周遭視線自然會集中在雪菜身上。她不希望受旁人矚目，那怕是同性。

所以對她而言，自家浴室可說是至高無上的存在。

浴室是雪菜少數能夠不用顧慮外界眼光放鬆的空間，洗澡時間則是能療癒一整天疲勞的幸福時光。

沒錯，幸福時光。

本該是如此才對——

「唉……」

當天晚上，雪菜洗完身體和頭髮，浸到浴缸裡，卻發出了與放鬆相去甚遠的憂鬱嘆息。

理由不用說也知道。

是因為今天放學後，學長說出的問題發言。

「惠太學長說要找戀人，不會是認真的吧……」

這話或許叫人難以置信，其實有多數女孩子對浦島惠太抱有好感，只是他本人沒有自覺罷了。

就雪菜觀察，RYUGU的所有成員幾乎都有嫌疑。

而幾天前送惠太手工餅乾的那個佐藤學姊，幾乎已經稱得上是無庸置疑。

因為，這世上沒有女生會親手為沒好感的異性烤餅乾（證明完畢）。

「惠太學長也真是的……到底要跟多少女生拉近關係啊……」

他已經認識夠多外型出眾的異性朋友了，如今不光是RYUGU的相關人士，連那高個身材又好的美女都和他有所交集，這完全超出雪菜預料之外。

「唔……」

不知為何，整顆心七上八下的。

因為他面對任何人都會笑臉相對。

因為自己抱持如此陰鬱的心情。

「等等，這樣不是搞得像是我在嫉妒一樣嗎……這才不是嫉妒。才不可能。」

雪菜自言自語地嘟囔說。

我長谷川雪菜——過去曾經是名聲響亮的天才童星，復出後還立刻贏得電影女主角的寶座，堂堂一名女演員，哪有可能會喜歡上那種變態設計師。

「……可能有點泡暈頭了。」

她這才發現，自己在浴缸泡了好長一段時間。

舒服歸舒服，但熱水泡太久並非好事。

為避免出事，雪菜決定就此告一段落，離開浴室。

她在更衣室擦乾身體，穿上第一次從惠太那收到的淡紫色內衣。

接著穿上T恤跟短褲，拿吹風機吹乾頭髮後，朝客廳方向走去。

她走到了開放式廚房。

停在冰箱前，打開冷凍庫取出最喜歡的冰品。

「呵呵呵，剛洗完澡就是要吃這個♪」

雪菜拿的正是雪兔大福。

限定款抹茶口味的銷售期間結束，她拿的是普通的香草口味。

長谷川家常備著這個冰品的大量庫存。

雙親工作繁忙，回家總是很晚，所以沒人會譴責雪菜如此享樂。

她坐在客廳沙發，匆匆打開冰品封膜。

隨後一邊哼著歌，一邊拿慣用叉子將雪白兔子切成一口大小，再將心愛的冰品送入口中。

「嗯嗯～好好吃～♪」

香草冰淇淋在舌尖上化開，使幸福的滋味擴散開來。

雪菜不禁手舞足蹈。

「說起來，第一次見到惠太學長時，好像也是為了買雪兔大福……」

她和浦島惠太是在家附近的便利商店邂逅。

當時她還沒復出，去買冰時被經紀人逮到，就在雙方起爭執時，惠太從旁介入。

「當時做夢也沒想到，幫忙的人會是同校學長，還是一名內衣設計師……他拜託我當模特兒時，還以為完全是看上我的胸部……不對，實際上他是看上胸部沒錯……」

他是個驚為天人的變態。

還老是提些刁難的要求。

整個人都非常離譜——

可是，學長總是為他人著想，才叫人無法發自內心討厭他。

「真的是個怪人……」

會這麼想也難怪。

因為他是討厭男人的雪菜，除了家人外唯一抱有好感的異性。

「呵呵。」

剛才明明還在生氣，不知不覺間卻笑了出來。

她的心情之所以放鬆，就姑且當作是因為吃了美味冰品，而不是回想起和惠太之間的往事好了。

「今天乾脆再吃一個吧。」

第一個都還沒吃完，雪菜就開始猶豫要不要對第二個大福出手，忽然間，耳中傳來了「咯吱」的奇妙聲響。

「……嗯？剛才是不是有什麼怪聲……」

那是什麼聲音呀？

須臾之間，似乎聽到了輕微聲響，而且那陣詭異的聲音，莫名地令人感到不安……

「算了——嗯～♪雪兔真的好好吃～♪」

反正聲音已經不見，應該沒什麼大不了的吧。

雪菜就此結案，並再次拿起叉子品嘗幸福。

這時雪菜還無從得知，倒數恐懼來襲的跫音就近在咫尺，且步步逼近。

◇

第一學期的最後一天。

前些日子的考卷已經發還，時值七月下旬，暑假已近在眼前。惠太在被服準備室瀏覽網路時，雪菜出現了。

「辛苦了——」

「辛苦了，小雪。」

兩人一如往常地打招呼。

雪菜將書包放下，走到惠太座位旁。

「……那個，惠太學長？能打擾一下嗎？」

「嗯？怎麼了？」

「我有事想找你談……你先前不是有送我一件前扣式的胸罩嗎？」

「啊啊，那一件啊。」

「其實我現在正穿著……只是感覺怪怪的……」

「怪怪的？」

內衣這種道具，會直接貼合女性肌膚。

正因為如此，內衣在構造上不能有任何缺陷。

若是發現有致命性的問題存在，那最慘的情況，就是得將目前售出的商品全數回收。

「那就糟了。能借我看一下嗎？」

「咦？現在嗎？」

「這種事還是早點處理比較好，要是真的出問題可就傷腦筋了。」

「……這麼說也對啦。」

雪菜害羞地雙頰泛紅，把領口緞帶解開。

接著將胸口扣子解開，脫去上衣。

包覆著豐滿上圍的淡紫色胸罩，頓時一覽無遺。

這是由惠太設計，前任打版師池澤小姐製作的前扣式胸罩試作品。

惠太站起，靠近觀察，卻沒發現丁點異狀……

「……嗯？」

就在他大致確認結束時，忽然聽見細微的咯吱聲響。

聲音越發強烈，而胸罩正面的布料，也一點一滴逐漸歪斜。

霎時間，胸罩前扣隨著響亮聲音彈飛。

「哦哦……」

失去支撐的胸罩自然掉落在地，而原本被內衣包覆的果實，也嶄露其全貌。

G罩杯隨著內衣破損的反動而震盪的畫面，就彷彿是在看電影的大場面一般。

「呃……」

換言之，惠太在極近距離，目睹了學妹的胸部。

那壓倒性的質量，以及充滿魄力的存在感。

尋常男生要是看了如此驚人的畫面，肯定鼻血直流。

「不、不要啊啊啊啊啊啊啊啊啊啊啊啊啊啊啊啊!?」

雪菜發出慘叫，並急忙用雙手遮住豐碩的胸部。

然而一切都已經太遲了，惠太早將驚人乳房的一切，鉅細靡遺地烙入記憶之中，學妹再怎麼拚命應對，都是徒勞無功。

「你看到了!?看到了對不對!?」

「一覽無遺。謝謝招待。」

「虧你能這麼冷靜啊!?」

「如此驚人的景色，我這輩子都不會忘記的。」

「沒人想聽你的感想！」

雪菜頓時淚眼汪汪。

這也不能怪她。

因為她被年齡相近的男生，看到胸部這個自卑之處。

「不過，這……」

惠太撿起壞掉的胸罩，浮現凝重表情。

「試作品耐久度不夠……?不可能，池澤小姐是一流的打版師，不可能會犯下這種錯誤……」

製作者是一名優秀的打版師，所以不可能會做出耐久度不足的產品。

那怕只是試作品，這件內衣的完成度已經和實際商品無異。

RYUGU販賣的內衣，不論布料，還是內衣扣之類的金屬零件，都是採用精挑細選的材料，就連強度也是一等一的。

然而卻無法承受導致損毀。

若是如此，能考慮到的原因就剩——

「小雪……」

「什、什麼事……？」

惠太視線從手上胸罩轉向學妹的胸口。

他直盯著雪菜即使用上雙手遮掩，也無法完全隱藏的傲人上圍。

「小雪，難道——」

「惠太學長你先等等！我大概知道學長想講什麼了！我還沒有做好心理準備，而且這事關我身為少女的威信，拜託你不要說出口——」

「難道妳胖了？」

「不是叫你別說了嗎!?」

雪菜收到殘酷宣告，當場癱坐在地。

一個半裸的女高中生，深受打擊坐倒的模樣，散發出一股悖德的氣息，但姑且不論這個——

「嗯，果然胸部長肉了。」

「不准講長肉。」

惠太再次確認她的身體，發現胸圍稍稍變豐滿。

而腰圍跟臀圍倒是平安無事。

這麼看來，雪菜似乎是脂肪會全往胸部集中的體質。

若這單純只是胸部成長，那就沒有任何問題。

不過因為工作，親眼目睹無數胸部的惠太直覺感受到。

這並非成長。

而是乳房累積了無用的脂肪，這種變大方式萬萬不可。

沒想到在忙著考試跟其他事情的期間，會發生如此劇烈的前後差異。

「不過妳怎麼突然就胖了？之前去海邊時不是沒問題嗎？」

「拜託不要胖來胖去的……最近我晚上，會偷吃冰……」

「冰？」

「這陣子晚上吃太多雪兔大福……不對啦！學長在這狀況下就沒別的話可說嗎!?」

學妹雙手遮住胸部，眼中泛淚大喊。

正如她所述，這狀況就像是惠太弄哭一名上半身裸體的女生，看起來實在不妙。

「我有帶預備胸罩，總之妳先穿那件吧。」

「到底預備來做什麼的……總之謝謝，我就先借來用了。」

惠太從包包取出樣品胸罩遞給雪菜，她收下後說：「不准轉過來喔？」便開始穿上胸罩。

為人紳士的惠太，在雪菜穿好上衣前，都背向她等待。

總之，這下終於迴避沒胸罩可穿的危機。

「剩下的，就是最根本的問題了……」

一般女生就算稍微變胖也不會有問題。

即使冰吃得太多導致變重了，也不會礙到別人。

問題在於這名學妹，長谷川雪菜並無法歸類在「一般女生」這個類別……

「小雪，我記得妳已經確定拿到電影角色了嘛？」

「是啊，已經開拍了……」

「這狀況似乎不太妙啊……」

一般人或許難以察覺，但實際上胸罩的扣子都被撐開了。

說什麼都必須避免無用贅肉繼續往胸部長。

最糟糕的狀況，就是被看過電影的業界人士跟觀眾發現。

「現在只有胸部長肉，要是繼續長胖害胸圍變大，到時網路上可能又有人拿這做文章了……」

「那可就糟透了……」

學妹想像著令人絕望的未來顫抖。

雪菜在童星時期，曾因為胸部大被網友拿來討論，而這件事正是她放棄演藝工作的原因。

她肯定不希望又被人拿胸部的事指指點點。

那麼她能採取的選擇，實際上只剩一個了。

「這下子，只能減肥了。」

「我想也是……接下來還得拍片，再胖下去真的不妙……」

「所幸胸部以外都沒改變，只要改善生活習慣搭配適當運動，應該就能瘦下來。」

「嗚……運動嗎……」

雪菜愁眉苦臉說。

對於公開承認自己是室內派的雪菜而言，這肯定是聽了就頭痛的詞彙。

「沒關係。我會盡力輔助妳。」

「真的嗎？」

「不過我可是很嚴厲的喔。」

「咦？」

「不論妳怎麼哭喊，我都絕對要讓妳瘦下來，妳做好覺悟了。」

「欸欸……」

惠太有絢花這個從事讀者模特兒的兒時玩伴。

那份工作為了把衣服穿得好看，必須嚴格控管體重。

也因為如此，惠太深知維持體型有多麼困難。

他身為內衣設計師，當然希望模特兒們能隨時保持完美體型。

為了讓學妹鬆弛的身體回歸最佳狀態，惠太決心將內心化作惡鬼，進行嚴厲指導。

第四章　從健身房開始的減肥生活

這一天，雪菜和惠太兩人，從一早就開始進行激烈「運動」。

「惠、惠太學長……我……我已經、不行了……！」

「小雪真的是一點耐心都沒有啊。」

「就、就算你這樣講我也……！」

「好了，腳張開點。重頭戲現在才開始呢。」

「可是我，不、不習慣做這種事……！」

雪菜渾身香汗淋漓，以誘惑人的聲調說。

這段期間，儘管身穿單薄T恤的她胸部激烈晃動，意外地有著虐待狂面貌的惠太也不打算中斷。

惠太以視線督促雪菜，要求她不准鬆懈。

雪菜的懇求被駁，只能露出再也撐不下去的表情，繼續進行激烈「運動」。

「好了，身體暖起來了吧，開始提升步調了！」

「噫——！惠太學長這個魔鬼教練！」

暑假第一天的早上六點。

身穿運動服跟短褲的惠太，和穿著短袖T恤、內搭褲裙的雪菜，正在路上慢跑。

兩人要好地並排跑步，而雪菜的豐滿胸部隨著步伐晃個不停。

正如惠太前些日子所述，兩人正努力減肥中。

三十分鐘後，也就是六點半。街道仍未甦醒，而惠太和雪菜身在沒有其他行人的公園角落。

「嗯──這可真傷腦筋……」

惠太站在板凳前說。

他苦惱地雙手抱胸，嘟嘟囔囔地說出感想：

「胸部簡直晃得要命啊……」

「所以我才討厭跑步啊……」

口出怨言的，正是身穿運動服的雪菜。

她攤坐在椅子上，看似奄奄一息。

兩人早上五點半相約在這個公園集合，之後一起在街上慢跑，才沒跑多久，雪菜就滿頭大汗。

惠太視線直盯著主要原因。

「就小雪的狀況，等於跑步時胸部綁了兩公斤的啞鈴。跑步時還一直晃來晃去的。」

「好丟臉……」

雪菜雙手掩面說。

這名學妹有著傲人的G罩杯。

任誰都能輕易想像，乳房這麼大在慢跑時會發生什麼事。

那看起來就像是拿著裝滿水的氣球甩來甩去一般，搞得在一旁跟著跑的惠太想不在意都不行。

「這乳搖實在無法給旁人看到，刺激過頭了。」

「拜託別再提乳搖了！」

雪菜滿面通紅地大喊。

而惠太充分享受學妹羞澀的反應，於是結束這個話題。

「嗚……全身都是汗……」

雪菜冷靜下來後，才終於開始在意起自己身體。

「今天才第一天，就先到此結束吧。」

「就這麼辦……」

「還有，明天起換穿讓胸部不會晃動的專用胸罩吧。先不論體力，搖成那樣妳也無法專心減肥吧。」

「有這種內衣嗎？」

「嗯，我會負責準備。」

「雖然我是很感謝啦……」

「怎麼了？」

「讓男生準備內衣，讓我心情有點複雜……」

「要一起去買當然也行啦，不過小雪很忙吧？妳就把我當成第二個經紀人，交給我去處理就好。」

「惠太學長……」

儘管只是個學生，但她到底是剛回歸演藝圈的女演員。

最近都在忙著拍電影和其他工作。

之所以挑早上慢跑，是因為這個時間點比較涼爽，以及根據雪菜的行程表，也只剩這個時間有空。

「小雪，妳晚點還要拍片嘛。」

「是啊。所以我得先回家洗個澡。」

「那麼後續明天再說吧。」

「謝謝學長陪我。」

雪菜站起，深深一鞠躬。

值得紀念的第一次減肥就此告終。

之後惠太回到自家公寓沐浴，悠哉地吃了早餐後，又於九點左右出門。

他走在一早就火力全開的烈日底下，朝著車站方向前進。

距離約好的時間還有一段時間，於是他先繞到附近書店晃晃。

惠太一面再次確認到冷氣有多麼寶貴，一面穿過書架之間，走到目標專區，他物色一陣子後，拿起其中一本書走向收銀台。

「嗨，水野同學。」

「咦，浦島同學？」

站收銀的店員原來是澪。

他身著打工用的沉穩褲裝便服，再穿上書店的圍裙，頭髮則綁成馬尾，看起來比平時來得成熟。

惠太是從她本人那打聽到她在這間書店工作。

「一早就這麼努力啊。」

「我得趁暑假多賺點錢啊，浦島同學出門買東西？」

「我在找製作內衣的資料。」

「浦島同學真的滿腦子都只有內衣耶。雖然我已經習慣了。」

澪冷眼以對，卻露出一抹淺淺的微笑，惠太將手上的書放到櫃檯，澪則接過掃描條碼。

「浦島同學今天跟雪菜一起慢跑對吧？」

「是啊，偶爾運動也不壞。」

「竟然陪學妹減肥，你人也太好了。」

「管理模特兒體重也是我的工作之一嘛。」

「我可不會拜託浦島同學管理。」

說到底的，以蔬菜為主食的澪，根本找不到會發胖的要素。

「水野同學，妳今天打工幾點結束？」

「我今天只上上午班。」

「等妳打工結束，能陪我去買胸罩嗎？」

「……什麼？你再說一遍？」

「我要去買胸罩，希望水野同學陪我去。」

「你怎麼突然冒出這種變態發言。」

澪看著惠太的眼神驟然變得冰冷。

任誰突然被男生說陪他去買胸罩，八成都會做出這種反應吧。

「還有你買胸罩要做什麼？不會是浦島同學要穿吧？」

「我穿來幹麼？我是要幫小雪買能夠防止乳搖的運動胸罩。」

「啊啊……」

澪聽完終於理解，眼神也恢復以往的溫度。

「是這樣就早點說啊。害我不小心想像了慘烈的畫面。」

「我就姑且不問妳到底想像了些什麼吧。」

「不過對不起。我今天有約了……」

「有約？」

「我要跟真凜她們去游泳池。瑠衣也會一起去。」

「聽起來不錯啊。」

瑠衣剛轉學過來沒多久，就已經跟二年級同學變得如此親密。

既然已經事先約好，那就不方便打擾她了。

「沒辦法，我就自己去買胸罩吧。」

「你可要幫雪菜好好挑一件喔。」

付了書錢後，澪在找錢時問說。

「需要包書套嗎？」

「啊啊，我趕時間不用包了。」

「嗯?除了買胸罩外還有其他預定嗎?」

「算是吧。」

惠太點頭接過放書的紙袋說。

「我晚點跟美女約見面。」

惠太離開書店，前往先前和瑠衣父親約見面的咖啡廳。

他打開大門，走進風格沉穩的店裡，此時有一名年輕女性朝他揮手。

「惠太!這邊這邊!」

「妳好，柊奈子小姐。」

她留著一頭散發出冷靜氛圍的吸睛短髮。

這位眼角細長且有氣質，還擁有傲人F罩杯，從遠處望去都能感受其存在感的美女，名叫瀨戶柊奈子。

也就是以難搞出名的瀨戶家三姊妹長女。

柊奈子身穿白色褲裝和單薄開襟衫，坐在靠窗的四人座位，惠太邊打招呼邊坐在她對面，她便遞上菜單。

「來，想點什麼都行。」

「謝謝。」

「你乾脆點最貴的百匯吧。反正是公司出錢。」

「最貴的名字叫宇宙無敵巨無霸百匯耶……」

還真有點在意怎樣的百匯會取這種名字。

不過，光聽名字就覺得絕對吃不完，結果惠太只向來點餐的服務生點了杯冰咖啡。

「謝謝你參加我們之前辦的比賽，參加者真的太少了。」

「那次我也設計得很開心。」

她說的正是和瑠衣競爭的設計比賽。

即使沒拿到冠軍，光是能挑戰設計全新內衣，對惠太來說就已經足夠充實了。

（那麼久沒見，她依舊是充滿成熟氣質啊……）

用一句話來形容她，就是帥氣成熟的女性。

她不僅身為雜誌編輯記者的能力相當了得，而且漂亮到走在街上，任誰都會忍不住回頭多看幾眼。

（只可惜，一回到家就變成霸道的女王陛下……）

只要口渴，那怕秋彥在睡覺都會把人敲醒叫他泡茶。

只要想吃超商布丁，就算是深夜也會叫秋彥去買回來。

實際上，惠太去瀨戶家作客時，就曾親眼目睹她將弟弟當成僕從般使喚，因此不由得緊張起來。

「我們直接進入正題吧，我有個問題想問你。」

「啊，是。請說。」

「那我就直言不諱地問了——秋彥，是不是交了女朋友？」

「……什麼？」

秋彥交女朋友？

「不好意思，我不太明白這個問題的意思……」

「最近秋彥那傢伙，似乎頻繁地跟學校某位女生聯絡。」

「啊啊，是說吉田同學啊。」

「吉田同學？」

「是他同班的朋友。他們倆興趣相近，還挺合得來的。」

「那個秋彥竟然交了女性朋友……」

柊奈子突然陷入沉思。

接著戰戰兢兢地問道：

「那個女生實際存在嗎？不會是秋彥妄想出來的吧？」

「不，她並不是幻想中的朋友。」

拜託別把親弟弟當成有病的傢伙好嗎。

「意思是她真的交了個女性朋友。區區一個秋彥還敢如此囂張……」
「還囂張哩……」
「那傢伙到底是我弟弟，臉長得還算不錯。我身為姊姊，有點擔心他會不會被奇怪的女人騙。」
「真心話呢？」
「我現在沒男朋友，絕不允許弟弟比我還幸福。」
「太不講理了吧。」
區區男朋友，柊奈子小姐想交隨時都交得到吧。
拜託別去妨礙弟弟獲得幸福好不好。
「算了，關於那個女性朋友的事我就晚點再逼問秋彥——我們差不多開始採訪吧。」
柊奈子結束話題，切換成工作模式。
先前拜訪內衣專賣店『ＡＲＩＡ』時，瀨戶家次女椿就告訴惠太：「柊奈子說想採訪ＲＹＵＧＵ。」
這次柊奈子和惠太行程終於配合上，才敲定採訪時間。
柊奈子把錄音筆放在桌子中央，取出筆記本跟筆，開始一對一訪談。
「高中生要當設計師應該相當不容易，請問你工作上有特別留心的要點嗎？」

「這個嘛。我製作內衣時，總是希望ＲＹＵＧＵ的內衣能夠讓使用者綻放笑容。不論男女，內衣都是陪自己共度最多時光的夥伴，所以我希望提供最可愛的內衣給使用者。」

「原來如此，這想法非常出色呢。」

採訪從這個問題開始，隨後也進行得十分順利。

採訪內容主要是針對ＲＹＵＧＵ的設計方針，以及新商品相關問題。

透過採訪，能夠再次釐清自己製作內衣的想法以及態度，因此這段時光對惠太而言也是意義非凡。

「說起來，我記得有幾位女模特兒協助你製作內衣對吧？聽說你會定期讓她們穿上自己設計的內衣，舉辦試穿會之類的。」

「真虧妳知道啊。」

「惠太從平時就看著年齡相近的女生穿內衣的模樣，會不會因此勾起你的情慾啊？」

「請先等一下。」

由於話題一整個帶歪，惠太急忙喊暫停。

「這問題不太對勁吧？」

「啊，你放心。這部分我不會寫進報導。」

「光是不會寫進報導，就表示這問題跟採訪完全無關吧。」

「那當然，這純粹是我個人想知道而已。百分之百是基於興趣才提的問題。」

「咦……」

柊奈子臉不紅氣不喘地承認。

這人簡直就是霸道的化身。

「所以呢？惠太會被模特兒勾起情慾嗎？」

「我怎麼可能對寶貴的模特兒抱持那種想法。」

「咦——？真的嗎～？」

「當然是真的。」

「惠太……你真的是男生？真的有帶把？」

「真沒禮貌，當然有啊。」

若說自己沒任何想法，那當然是騙人的。

看到女生穿內衣的樣子，若完全不會感到興奮，那就稱不上是一個男人。

惠太只是把這個想法與工作劃清界線。

「對了，我收到消息，說最近復出的演員長谷川雪菜，也在RYUGU當模特兒是嗎？」

「消息這麼靈通啊。」

「另外我還聽說——她最近接到的電影工作，拍攝似乎進展得不太順利。」

「咦……？」

「那個導演似乎非常講究，拍攝中總是對雪菜的演技表示不滿。」

「這樣啊……」

這還是第一次聽說。

雖然是理所當然的事，但天氣不可能總是放晴。

有時會轉陰，有時會下雨。

認識的編輯記者所帶來的這項情報，對惠太而言可說是晴天霹靂。他有預感，這將成為打破這段舒適時光的冰雨。

◇

隔天早晨，路上行人寥寥無幾，和昨天一樣穿著運動服的惠太和雪菜，正努力慢跑當中。

「好厲害……真的不會搖耶……」

「嗯，尺寸跟小雪正好吻合。」

惠太為她準備了專用的運動胸罩，雪菜立刻穿上開始慢跑，看這反應，似乎是非常中意。

「這件運動胸罩不只透氣性佳，還強化了防止乳搖的功能，非常適合巨乳女生穿。」

「為什麼穿上這件就不會搖啊？」

「這是因為胸帶做得比較粗。似乎是藉由增加布料面積來穩定支撐住胸部。」

「哦——」

拿細繩跟粗繩來舉例好了。

任誰都能分得出，用哪種繩子來綑綁搬運沉重木材會比較穩固。

「布料面積太大，確實外觀會比較俗氣，不過運動內衣本來就不是拿來穿給別人看的，所以選擇時應該著重在自己要求的功能上。」

「這樣講有道理。」

「運動時胸部激烈晃動，會使一個叫庫珀韌帶的地方失去彈性，進而影響胸型，甚至有可能會下垂。所以穿運動專用內衣可是鐵則。」

「我上體育課時，一直都是穿普通的胸罩……」

在惠太身旁跑步的雪菜不安地說。

「不是像運動社團那樣激烈運動的話，應該都還好。不過小雪的胸部特別大，建議上體育課時最好也穿運動胸罩。妳自己也很清楚，胸部那麼大搖起來會很誇張。」

「是啊。因為搖個不停，還會被男生盯著看。」

「大家那麼做其實沒有惡意啦。」

「真的嗎？」

「男人這種生物啊，只要有胸部就會忍不住看過去。」

「真是麻煩的生物。」

兩人邊聊邊在街上慢跑，最後在昨天的公園裡停下腳步。

他們找了個不顯眼的樹蔭下，各自從包包取出毛巾和準備好的運動飲料，開始擦汗補充水分。

「不過，多虧有惠太學長準備的胸罩，跑起來輕鬆不少。真的是非常感謝。」

「不客氣。」

「對了，這個胸罩哪裡有賣啊？」

「運動商品店都有賣。之前佐藤同學找我商量時，我有調查過運動相關的內衣。」

「哦——」

「加上我完美地掌握了小雪的尺寸，穿起來應該非常合身。」

「合身是合身沒錯啦……咦？是說學長，你拿著這個胸罩去結帳嗎？」

「嗯？是啊。」

「意思是你若無其事地買了女生的內衣？」

「確實是如此。」

這個回答使得雪菜露出了「嗚哇……」的厭惡神情。

「惠太學長就沒有羞恥心嗎？」

「啊哈哈。買女用胸罩這種事，對我來說根本不算什麼。」

「虧你還能露出這麼爽朗的笑容……」

浦島惠太的職業是內衣設計師。

她看過的女用內衣，可是比男用內衣還來得多。

「我姑且有拜託水野同學陪我去買啦，不過當時她有約了。一開始我是打算拜託乙葉幫我結帳。」

「那拜託她不就好了？」

「是沒錯啦，但那尺寸很明顯不合身，我一想像店員對乙葉說：『請問是不是拿錯尺寸了呢？』就實在無法拜託她。」

「這想像也太悲慘了……」

雪菜表情灰暗地說。

讓微乳代表乙葉遭受這種酷刑，未免太悽慘了。

「啊，對了。這件內衣多少錢啊？」

「啊啊，錢不用了。因為我也受到小雪不少關照。」

「我哪有關照啊……」

「真的，我總是受到妳的關照。」

「拜、拜託不要看著我的胸部講……！」

雪菜害羞地用手遮住胸部說。

雖然現在講有點晚，不過被運動服包覆的巨乳看起來也非常讚。

「要是能讓我看妳穿著這件胸罩的樣子當作參考就更好了。」

「這……有機會的話我再考慮。」

「真的嗎？好耶♪」

「瞧你開心的……」

看著眼前這位擺出勝利姿勢的學長，雪菜忍不住傻眼碎念。

「不過每天慢跑真的是很辛苦……不知道要跑幾天恢復原本體重……」

「天底下本來就沒有輕鬆的減肥法。妳就加油吧。」

「知道是知道啦……」

叫討厭運動的人每天一早起來慢跑乃是苦行。

而室內派的惠太對她的心情可說是再清楚不過了。

「不然這樣，等妳體型恢復後，我給妳點獎勵。」

「惠太學長給我？」

物。

「嗯。」

「什麼獎勵都可以嗎？」

「是啊，只要是我能做到的。」

「那我有辦法努力下去了。」

學妹重拾笑容說。

姬咲曾說過，女生只要有獎勵，大多數的事都有辦法努力去做。

身為時下女國中生的浦島姬咲，可說是惠太認識的人中，最為通曉女生心理的人物。

有獎勵就能提起幹勁，希望雪菜能照這狀態繼續減肥。

「那麼，今天就此解散吧。」

「好的……」

「嗯？小雪？」

學妹的臉龐蒙上一層陰影。

那表情看起來十分虛弱，又好似有些失落，此時惠太想起柊奈子曾提過的事。

（她果然是在為工作苦惱嗎……）

有傳聞說她的工作不太順遂。

即使腦中浮現這件事，但惠太猶豫是否該向本人打聽。

惠太擔心雪菜。

不過他同時也想，既然雪菜本人沒有說出這件事，那麼是否不要提及比較好——

惠太一語不發，而眼前的雪菜則畏畏縮縮地開口：

「……那個，惠太學長？」

「嗯？」

「惠太學長，為什麼要對我這麼好？」

「咦？」

「寶貴的暑假竟然拿來陪學妹減肥，這麼做對學長根本一點好處都沒有啊。我一直很在意，為什麼你願意這麼做……」

「啊、啊……原來如此……」

看來是自己誤會了。

還以為雪菜是在為工作煩惱才無精打采，看來她是在意惠太為何會如此關照她。

「難道惠太學長，其實是喜歡我？」

「為什麼會得出這種答案？」

「因為我聽說，男生會對喜歡的異性特別溫柔啊。況且我長這麼可愛，學長會喜歡我似乎也很正常。」

「小雪在莫名其妙的地方想法特別正向啊……說起來，我記得小雪很有異性緣嘛。」

「是啊，不是我自誇，我可是非常受男生歡迎。簡直就是萬人迷。」

正如她自己所述，雪菜這女生非常受男生歡迎。

她有著得天獨厚的外貌，再加上那對胸部。

她受歡迎到打從入學就每天被男生告白，還被許多同年級女生怨恨，最後交不到朋友，每天只能在體育倉庫寂寞地一個人吃飯。

「所以，我才會想……惠太學長是不是也迷上我了……」

「確實，我也覺得小雪非常有魅力。」

「我就知道！」

「但很可惜的，並不是妳想的那樣。」

「咦!?」

「因為雪菜是重要的模特兒。為了讓妳試穿樣品，當然得維持最佳體型。」

「算了，我就知道是這種理由……真是普通到無趣。」

學妹發出了「噗——噗——」的不滿噓聲。

看來她似乎只是想捉弄惠太。

「不過，我是真的很擔心小雪。」

「咦……」

「妳有什麼煩惱，都可以找我談。」

「惠太學長……」

雪菜的瞳孔因訝異而搖曳。

拍攝一事純粹是從他人那聽來的傳聞，不過看這反應，似乎非空穴來風。

「我才沒什麼煩惱呢。」

「是嗎。」

「……可是，如果我真有什麼煩惱，那到時候再拜託你吧。」

「嗯，我知道了。」

現在這樣就夠了。

只要讓她知道，縱使將來遇到挫折，自己無能為力之時，身邊仍有人願意幫忙就可以了。

當前就照原定計畫，專心從旁協助她減肥就好。

「是說惠太學長？」

「嗯？」

「之後每天都要在外頭慢跑嗎？」

「我是這麼打算的，有什麼不妥嗎？」

「不，我並不是對減肥有所不滿，只是接下來天氣會越來越熱，在外頭運動會變得更難受。最近每晚都熱到不行，大清早氣溫也沒低到哪。」

「說得也對……」

現在剛進入八月，炎熱夏日才正要開始而已。

氣溫肯定會逐漸攀升。

「要是中暑可就傷腦筋了……不知道有什麼涼快的地方能夠運動……」

「啊，若是這樣我知道個好地方喔。」

「咦，哪裡？」

「明天上午剛好行程有空，我們一起去吧。」

於是兩人就這麼說定。

隔天，雪菜帶惠太來到一間鄰近車站的健身中心。

「這還真是舒暢。」

「早知道一開始就來這裡了。」

兩人換上運動服，不論是他們所在的健身房還是館內，都開著極強的冷氣，讓人能夠不受暑氣干擾悠哉地減肥。

器材也應有盡有，只要請教健身教練，還會得到適當的建議。

「小雪，妳怎麼會知道這間健身房。」

「柳小姐是健身狂，她建議我一起健身才告訴我的。」

「健身狂……」

聽說柳小姐的興趣，是工作一結束就直衝健身房。

看來她那模特兒般的身材，是靠適當運動維持的也說不定。

「那麼我們馬上開始減肥吧。」

「說得也對。」

兩人走往擺放專業跑步機器的空間。

健身教練簡單教導使用方式，雪菜便開始慢跑，她先調成較為和緩的速度暖身。

「哦哦，這個還挺不錯的耶。」

「小雪看起來好開心啊。」

惠太看著勤奮地流汗的學妹心想。

「總覺得這樣應該不需要我輔助了吧……」

真不明白，為什麼一開始沒想到要上健身房。

如果要講求減肥效率，實在很難找到比這更好的環境了。

「惠太學長也一起跑吧。一直窩在家可是會讓身體生鏽喔。」

「說得也對。」

適當運動是非常重要的事。

設計師這種坐辦公桌的職業特別缺乏運動，偶爾流流汗似乎是不錯的選擇。

於是惠太接受學妹提案，踏上鄰近跑步機一起慢跑。

瞭解到健身樂趣的惠太，立刻就加入健身房會員，這段時間都和雪菜一起運動。

◆

去健身房運動一週後，八月某日的夜晚，減肥戰士長谷川雪菜，正待在自家公寓的更衣室。

雪菜剛洗好澡，身上圍著圍巾，站在體重計前。

她之所以神情嚴肅，是因為現在正要確認連日瘦身的成果。

「……放心上吧，搞砸了我會負責收拾殘局。」

她說完不知所云的臺詞，便把心一横，「喝呀！」一聲踏上體重計。

而上頭顯示的結果，使雪菜不禁瞪大雙眼。

「唔!?好耶——!!」

體重計顯示的數值，讓她不禁緊握雙拳。

最近她感覺胸部稍稍變輕，應該是沒問題了，如今體重也恢復成過去的正常數值。

「再見了，多餘的脂肪！歡迎回來，苗條的我！」

情緒會比平時來得興奮也是無可厚非。

雪菜本來就因大胸部而自卑，上頭還追加了多餘贅肉，害她整個人心神不寧。

這是她減少攝取最愛的雪兔大福，並持續進行最討厭的運動才掌握的榮耀。

也怪不得她會神采飛揚。

不過，能瘦下來並不是單靠她自己的力量。

「……這也是，多虧了惠太學長呢。」

這位學長從旁提供了許多協助，他陪自己慢跑，準備了不讓胸部晃動的內衣，還陪同前往健身房。

若沒有他的幫忙，自己不可能會那麼快瘦回來。

「惠太學長……現在在做什麼呢……」

他肯定一如既往，正在設計可愛的內衣吧。

為什麼我會如此在意他？

「——快、快把衣服穿好吧。」

她急忙脫掉浴巾來掩飾逐漸發燙的雙頰，接著拿起淡紫色內褲，和惠太找瑠衣幫忙修好的前扣式胸罩。

她穿好內褲後，開開心心地將完全貼身的胸罩穿上——

「學長給的這件胸罩，果然很可愛啊……」

艱辛的減肥生活，終於在此畫下句點。

◇

雪菜減肥成功幾天後的暑假某天，惠太前往約定地點，拿著手機的學妹正在現場等他。

一早，站前廣場人來人往。

身穿充滿夏日氣息的上衣和裙子，頭戴可愛帽子和變裝用眼鏡的雪菜發現惠太前來，便綻放出花一般的笑容。

「早安，惠太學長。」

「早安。等很久嗎？」

「我才剛到而已。」

「那就好。」

兩人說出情侶般的標準臺詞，並對這氣氛感到有些害羞，隨後盛裝打扮的學妹抬眼看著惠太說：

「惠太學長，今天的我看起來如何呀？」

「這套衣服很適合妳喔，戴起眼鏡感覺也與以往不同。」

「可愛嗎？」

「非常可愛。」

「哼哼♪穿這樣就不會有人發現我是女演員長谷川雪菜了。」

其實惠太今天的打扮，也與以往有所不同。

其中最大的差異，就是他竟然沒戴眼鏡。

他把自身標誌性配件兼搭檔的眼鏡拿下，改戴隱形眼鏡，穿的上衣褲子也散發出成熟風格。

正因為和平時形象相去甚遠，他在鏡前確認打扮時還想著這人是誰。

「惠太學長這身打扮也很不錯喔。」

「姑且不論小雪，有必要連我一起變裝嗎？」

「不這麼做就一點都不有趣啦。」

「有趣？」

「若要享受人生的每一天，最重要的就是尋找刺激呀。」

「啊啊，這樣講確實有道理。要是每天都設計相同類型的內衣，那一定很快就膩了，這或許就跟偶爾想換穿不同氛圍的內衣一樣。」

「不是，你拿內衣舉例我也不知該如何回覆……是說……」

兩人走了一會，雪菜忽然站在惠太面前，以超近距離盯著他的臉看。

「惠太學長，不戴眼鏡似乎比較好看喔……？」

「是嗎？」

「平常不戴隱形眼鏡嗎？」

「我不喜歡隱形眼鏡，幾乎不會戴。」

「哼——？我覺得那東西很方便啊。」

「把那東西放進眼睛會讓我怕怕的。」

「這什麼可愛的理由啊。」

學妹開心地笑說。

那不做作的笑容真的是非常可愛。

「關於減肥成功的獎勵，真的選約會就好嗎？」

「是啊，先前那次放學後約會還挺好玩的。」

「這樣啊。」

聽她這樣講真叫人開心。

「那麼，我們差不多走吧。」

「說得也對。」

於是變裝約會就這麼開始了。

兩人並肩走著，看上去就像是一對真正的情侶。

「對了，妳今天想怎麼約會？」

「出遠門會很累人，我想走走逛逛，或是去咖啡廳喝茶聊天。」

「這選項確實很有小雪的風格——那麼，我們就先去逛街吧。」

今天約會是為了獎勵她努力減肥而辦的。

希望她能忘記俗世煩擾，好好放鬆心情。

兩人在街上逛著，最後到了深受學生喜愛的購物中心。

他們走進陳列時尚衣服的店裡，雪菜樂得將商品帽子拿起試戴。

「惠太學長，這個看起來如何？」

「嗯，很可愛喔。」

惠太老實訴說感想，接著他們移動到服飾區。

「那這件衣服呢？」

「非常可愛。」

「學長，你從剛才就沒說過可愛以外的感想嘛。」

「可是真的很可愛，我想不到其他感言啊。」

「知道了啦。那麼請惠太學長在下次約會之前，先好好學習如何稱讚女生。」

「咦？還有下次嗎？」

「這、這個……誰都不知道人生會發生什麼事呀？相處在一起，說不定也會演變成那樣的未來嘛？」

「這麼說也對。」

身為人氣童星的雪菜，如今竟然在惠太的品牌當內衣模特兒。就跟她講的一樣，人生會發生什麼事，誰都說不準。

惠太認同雪菜說詞，繼續陪她購物。

「最近外出機會變多了，我想買點新衣服。」

「女孩子衣服種類那麼多，選起來很辛苦吧。」

「是啊，所以惠太學長幫我選吧。」

「我選？」

「務必拜託了，這是在考驗學長的品味喔。」

「如果是內衣我肯定能挑出最佳選擇，可是服裝穿搭我就沒什麼自信了。」

「應該說，學長竟然對選內衣這麼有自信啊……」

於是惠太開始幫學妹挑起衣服。

他對著陳列的衣服大眼瞪小眼好一陣子，最後拿了帶有夏日爽朗形象的白色運動衫，和黑色魚尾長裙給雪菜試穿。

這種講求舒適的裙子比想像中還要迷人，接著又選了一條較大的項鍊搭配，看起來十分相襯。

「嗯，很適合喔。」

「原來如此。惠太學長原來喜歡這種搭配啊。」

「算是吧，並不討厭。」

「那我就拿來當作未來的參考吧。」

「什麼參考？」

「不知道，你猜猜看？接下來去看惠太學長的衣服吧。」

她含糊地回答問題，換回原本的衣服後，雪菜就拉著惠太的手前往下間店家。

隨後兩人跑進擺滿奇怪商品的雜貨店，去寵物店擼貓，惠太還穿了學妹所想的最強穿搭，但形象實在不搭，看得雪菜忍不住笑了出來，

兩人享受完逛街，走出購物中心——

就在惠太和踏著輕盈步伐的學妹，前往下個目的地時——

「哦……」

惠太在巨大街頭螢幕前停下腳步。

上面正在播雪菜演出的廣告。

內容是常見的清涼飲料廣告，畫面特寫正好播到身穿短褲裝的雪菜，露出如太陽

般燦爛的笑容。

「這是最近電視在播的廣告吧。」

「我運氣好接到這份工作。」

雪菜稀鬆平常地說著，不過光是能演廣告就是件很厲害的事了。

當惠太這麼思考時，身邊還能聽到「長谷川雪菜好可愛啊——」、「而且胸部又大。」、「我從她童星時期就很喜歡她了。」這類討論雪菜的對話。

（我正在跟一個厲害的女生約會啊……）

包含假扮男友那次在內，這是第二次約會。

一想到自己在跟知名女性幽會，就讓惠太產生一種不可思議的感覺。

「拜、拜託不要一直看，有點丟臉……」

「哪有什麼好丟臉的。」

「不管啦！我們快點走吧。」

學妹繞到身後，雙手推背。

惠太就這麼被她推離現場。

遠離螢幕後，雪菜再次與惠太比肩而行。

「啊、惠太學長！那邊有可麗餅的餐車！」

「哦，真的耶。」

雪菜指向停在廣場前的繽紛行動餐車，旁邊還擺了張畫上可麗餅的看板。

餐車前還有不少女生排隊等著購買，生意十分興隆。

「可麗餅，真好啊……」

身旁的雪菜不斷瞥向惠太。

看來她非常想吃。

「反正今天走了很久，吃點甜食應該沒問題吧。」

「好耶♪」

瞧她如此高興，也只能放她去買了。

反正這是難得的約會，要是有個萬一，她體重又因此回彈，那就只好再次化成惡鬼幫她減肥了。

「我們馬上去排吧。」

「瞭解。」

惠太和學妹一起排在隊伍尾端。

前面大概還有四組客人，算起來大概等個十分鐘就會輪到他們。

「——咦？這不是浦島跟雪菜嗎？」

「浜崎同學？」

兩人排隊沒多久，就聽到瑠衣從背後搭話。

褐色肌膚的她，穿著配合自己苗條身材的褲裝，手上還提著看似是購物的戰利品。

「真是巧。你們一起出門？」

「是啊。」

惠太肯定地說。

「我正在和惠太學長約會。」

雪菜則補充說明。

「約會？咦……？你們原來是這種關係嗎？」

「之前發生不少事，今天我們倆一起出來玩。」

「哼——？你們感情真好啊。」

「畢竟我跟惠太學長曾交往過一段時間嘛。」

「啊啊，之前他似乎假裝戀人當妳的擋箭牌是嗎。」

對惠太而言，那段回憶實在痛苦，因為他被親衛隊那幫人整得可慘了，不過雪菜最後願意當模特兒，所以結果還算可以。

「浜崎同學怎麼在這邊？」

「我去找那件角色扮演內衣用的布料。要用網購買也是可以，不過我還是希望親眼看過再買。」

「啊啊，吉田同學要的那件。妳提前說一聲我就可以幫忙提行李啊。」

「那下次有機會再拜託你吧。」

「交給我吧。」

「嗯，到時候再說——就這樣，一直打擾你們也不好，我先走了。」

「打擾？」

瑠衣留下這句神秘臺詞就離開了。

隨後，惠太感覺襯衫下擺被拉扯，轉頭看去，發現雪菜一臉不悅地捏著他的衣服。

「……惠太學長，跟瑠衣學姊的感情真好呢。」

「算是吧，畢竟我們是工作夥伴嘛。」

雖然內褲派的惠太，曾與胸罩派的瑠衣引爆激烈論戰，但基本上很合得來，也稱得上是感情好。

「等等買可麗餅，由學長請客。」

「那倒是沒問題啦……小雪為什麼生氣了？」

「你連這種事都不明白嗎？」

雪菜捏著襯衫下擺，氣噗噗地別過頭嘟囔說：

「……誰叫你正在跟我約會，還跟其他女生聊得那麼開心。」

◆

儘管雪菜為瑠衣的事頗有微詞，隨後仍好好地享受與惠太的約會。

惠太依照約定請吃可麗餅，兩人吃完甜食，便跑去遊樂場玩，還去咖啡廳悠哉喝茶，讓她享受了久違的約會。

「天色變暗了呢。」

「是啊。」

歡樂時光總是轉瞬即逝。

當他們離開離家最近的車站，外頭夕陽即將西沉，而夜幕開始落下。

最近因為減肥使得兩人相處時間變多，共通話題也隨之增加，結果進咖啡廳休息時，一打開話匣子就完全停不下來。

（原來惠太學長這麼健談啊。）

從結締假戀人契約時雪菜就想過，他們倆似乎很合得來。

面對其他男生，她都會沒來由地反射性裝乖，和惠太在一起，就能呈現出最自然的一面。

雖然雪菜不願老實承認這一點，但這也證明雪菜就是如此信任惠太。

「雖然有些不捨，今天就差不多玩到這解散吧。」

「啊啊，呃……」

當雪菜提出約會就此結束時，惠太便支支吾吾地說：

「那個，小雪。」

「什麼？」

「其實現在，乙葉她們出門，家裡沒有其他人在。」

「嗯？這樣啊。」

「如果妳有空，要不要來我房間？」

「……咦？」

「我盡量不會拖太晚，也會負起責任把妳送回家，我想和妳多待一會。」

「和、和我多待一會……」

雪菜還以為自己聽錯，不過惠太的表情十分認真。

家裡沒人、想多待一會，如此熱情的邀約，實在不像是他會說出的話——

（我、我該怎麼辦……？）

即使是雪菜，聽了也難掩心中動搖。

「請進吧。」

「打、打擾了……」

從最近的車站走十分鐘左右，就到了拜訪無數次的浦島家，雪菜踏進門裡，顯得神色緊張。

兩人在玄關脫了鞋，便直接朝惠太房間前進。

（我就這麼乖乖跟著他回家了，這樣真的好嗎……？）

他這種邀約方式肯定有鬼，畢竟他可是惠太啊。

（他一定只是講些嬌柔造作的話，想藉此慫恿我試穿新作樣品，八成只是這樣……不對，光是這種要求就已經夠折騰了……）

才這個歲數，就已經習慣被異性看到內衣，這使雪菜不禁擔心起自己的將來。

「好了，能拜託妳躺床上嗎？」

「突然就躺上床!?」

「是啊，不在床上怎麼做。」

「做什麼!?你到底想對我做什麼!?」

「做什麼……就按摩啊。」

「……什麼？按摩？」

沒想到會出現這個出乎意料的詞彙。

雪菜對惠太投以警戒眼神說。

「是、是色色的按摩嗎……？」

「為什麼妳會這麼想？就只是普通的按摩啦。」

「啊啊，原來如此……」

雪菜聽了終於冷靜下來。

當前狀況使她情緒激烈擺盪，完全來不及做好心理準備。

搞得她認為自己簡直像個笨蛋，擅自會錯意又唱獨角戲。

「不過，為什麼要按摩？」

「巨乳女生睡覺時多半會側躺。因為趴著睡胸部會干擾到，仰睡胸部又會壓得自己喘不過氣。」

「我完全能理解。」

雪菜深深表示贊同。

胸部大的女生，遠比世人所想的還要辛苦。

「最近小雪那麼努力減肥，還做了不習慣的運動，肯定給身體帶來負擔，所以我想紓解妳的疲勞。」

「所以才把我叫來家裡啊。」

這該說是讓人鬆一口氣……

還是讓人稍稍感到遺憾呢……

「不過惠太學長，你還會按摩呀？」

「我還挺擅長的呢。乙葉跟姬咲都經常叫我幫忙按。」

「哼——？」

看來他的按摩技術確實了得。

雪菜因為胸部過大，使得肩膀一整年都痠痛乃是不爭的事實。

雖然把女生帶回房間純粹是為了按摩，這實在讓雪菜有些無言，不過她也不想辜負惠太的一番美意。

「若是這樣，那就拜託學長好了。」

「包在我身上。」

雪菜把包包放在床邊，兩手空空平躺在床上。

其實她因為胸部太大，平時幾乎不會仰躺。

她整個人躺在床墊，頓時聞到一股夾雜著柔軟精，且與惠太身上相似的氣味。

「那麼，我要開始了。」

「拜託你了。」

惠太騎到床上，雙手觸碰雪菜肩膀。

起初，雪菜還因觸碰到異性大手而緊張，但按摩一開始，她就立刻感到渾身舒暢。

「啊……這個，好舒服……」

怪不得他的堂姊妹會迷上。

被惠太揉過的地方都逐漸變暖，讓雪菜覺得無比輕鬆且放心，甚至產生了想將身體讓由對方擺布的想法。

「……噯，惠太學長？」

「嗯？」

「你最近，工作方面如何？」

或許是因為放鬆了。

她忍不住提了不問也沒差的問題。

「我最近都在研究怎樣才能做出更棒的內衣。」

「惠太學長，似乎每天都過得很開心呢。」

「啊哈哈，是啊。」

「我沒在誇獎你。具體來說，是做怎樣的研究？」

「現在主要是研究色彩。」

「色彩？」

「色彩其實還挺重要的呢。因為藉由視覺看到的顏色，會在不知不覺中影響到心靈。舉個例子來說，聽說想集中精神學習或工作，可以在桌上擺藍色物品。另外外國數據顯示，把監獄牢房的壁紙換成粉紅色，似乎能降低再犯率。」

「把壁紙改成粉紅色就有這種效果？」

「粉紅色好像有緩解攻擊性和怒意的效果。部分精神病院似乎也會採取這種做法。」

「原來是這樣呀。」

「另外，聽說綠色跟灰色能夠放鬆心情，讓整個人沉穩下來。所以我正想把這類要素加進內衣裡。」

「你想了不少點子呢。」

利用暑假研究內衣，真是讓人佩服。

他這股熱情，的確值得好好學習。

「我啊，其實很喜歡努力的人。」

「咦？」

「啊，喜歡可不是指戀愛的意思喔!?我是指我非常尊敬那些朝著目標努力的人！」

「啊哈哈，我明白啦。」

「明白就好……」

「就這個層面來講，我也很尊敬小雪喔。能夠拍廣告跟電影真的很厲害。」

「謝、謝謝誇獎……」

「只是我收到小道消息，聽說電影拍攝不太順利，是真的嗎？」

「咦?是誰說的?」

「我朋友在出版社工作，她似乎收到風聲。」

「惠太學長原來人脈這麼廣啊。」

人的嘴巴是關不住的。

拍攝戲劇會有許多人參與製作，就算有人走漏消息也不足為奇。

「我在電影裡飾演的，是跟主角談戀愛的女主角。」

「哦，是個好角色呀。」

「是啊……不過，我第一次演這種角色，陷入苦戰也是事實。」

這是雪菜初次飾演戀愛少女。

正因為她長大成為高中生，才有辦法接到這種角色。

「我事前做過許多練習，不過實際拍攝後，導演卻說我演得不夠投入……我就是因為壓力過大，才會吃那麼多冰……」

「然後營養全跑去胸部啊。」

因為喜歡過頭而大量囤積的雪兔大福竟然適得其反。

壓力使她吃了大量的雪兔，那些雪兔又轉化成脂肪，引發了胸罩前扣彈飛的悲劇。

「——算了啦。」

「咦？」

「謝謝學長幫我按摩。」

「啊啊，嗯。」

惠太把手拿開。

手一放開，雪菜就起身，在床上抱膝而坐。

「今天會找學長約會，就是希望從中獲得演戲的靈感，算是順便取材……我本以為這麼做能瞭解女主角的心情……」

「原來是這樣啊。」

「不過，真的太難了。明明得理解女主角的心情，卻一點都不順利……」

「原本是人氣童星的雪菜，也會碰到瓶頸啊。」

「你當我是什麼人啊？我也是有在努力好嗎？」

沒錯，她很努力。

不論過去還是現在，就連離開演藝界，她也從沒停止演技訓練。

雪菜自己也很清楚，不論多麼拚命努力，也未必會帶來好的結果。

縱使有眾人稱羨的才能，又十分勤奮學習，但能否在未來實現夢想，這種事誰都說不準。

正因為不知道，才會感到不安。

所以大家會不時在路途中停下腳步，確認方向是否正確。

雪菜現在正是處於迷失方向，在路途中寸步難行的狀態。

「其實下週，要在海邊拍最高潮的片段，我沒自信能夠拍好……」

「咦？已經要拍最後高潮了？妳不是最近才決定演出嗎？」

「影視作品不一定照故事順序拍攝。出外景還得顧慮氣候，通常會在同一個場地拍完好幾個片段，再靠編輯調整時間序列。」

「啊啊，這樣講確實有道理。」

要是按照劇情順序拍攝，不論花多少時間都拍不完。

所以要預先拍好同一場景的片段。

而出外景最容易受天氣影響，因此必須優先拍好。

「不過，小雪一定沒問題啦。」

「……沒問題？」

「小雪那麼努力，拍攝一定會非常順利。」

「…………不要……」

「咦？」

不能說——當心裡這麼想時，已經太遲了。

「不要講這種毫無根據的鼓勵！」

「小雪……?」

一瞬間，雪菜對他的話語產生排斥與怒意。

雪菜不喜歡別人裝作很瞭解自己，而她也沒想到自己會如此生氣，甚至情緒失控頂撞惠太。

「啊……」

她立刻冷靜下來，後悔如利刃般刺痛內心，然而話已經說出口，就再也無法收回。

雪菜下床提起包包，一語不發走向房門。

「……惠太學長根本不懂我的心情……學長能做出那麼棒的內衣，還被許多人認同……」

這是她最後一句話。

她背對著惠太說完，便逃也似地離開惠太房間。

溫柔學長為自己傷害學妹感到難過，而雪菜的心，也因學長難過的身影揪成一團。

第五章　女演員的學妹是我的前女友

這部電影的導演似乎從雪菜還是童星時就非常關照她。

他在業界最為人所熟知的，是只會依演員實力選角，最討厭攀關係或事務所強推這一類「大人的理由」。

觀眾通常會給予這樣的導演高度肯定。

因為他們對創作有所堅持，作品能維持在一定水準之上。

對演員而言，能被這樣一位導演選上，除了是名譽象徵外，同時也代表實力被認可。

正因為如此，待在「這個地方」，本該是件值得自豪的事——

「嗯……是還不壞啦～但就不能再稍微表現得更甜蜜一點嗎～？」

「甜蜜點……是嗎？」

導演在拍攝現場挑的毛病，正是針對雪菜這位女主角的演技。

她飾演的角色，是一名跟同年男生戀愛的高中生。

女主角為人直率、感情豐富，對戀愛卻相當膽怯。

還有著在主角面前會隱藏真心的麻煩個性，雪菜在童星時期，從沒演過這種角色。

如今她也成為高中生。與年幼時不同，身體和心靈都已有所成長。

儘管她打算全力以赴，來將這個角色演好，卻發現自己有許多不足之處。

（我到底該怎麼做才好……）

當然，演技沒有正確答案。

不過自身演技確實沒有達到導演要求的水準，而她也不滿意自己的表現。

得演得更好才行。

得理解戀愛女生的心情才行。

她越是想，就越不順利，使得焦慮一點一滴累積——

「——唉。」

拍攝回程，雪菜坐在經紀人柳開的車子後座，望著夜晚街道嘆氣。

當她產生自覺時已經太遲，經紀人看著前方對她說。

「嘆這麼大一口氣。」

「對不起……」

「不必道歉……妳很介意導演剛才講的那些對吧？我覺得妳演得並不壞就是了。」

「那當然，雖然我沒有放水……」

雪菜用盡全力演戲，演技也沒嫩到會讓觀眾看出她內心的迷惘。

「導演不是也說過，稍微生硬點才比較有戀愛的感覺啊。」

「是沒錯啦……」

導演一方面指出演技有些生硬，另一方面又說這樣能使戀愛少女的人設更加活現，所以沒問題。

然而，那也只是符合女主角現階段的形象。

待拍攝進入尾聲、劇情有所進展，雪菜就必須得達成導演追求的「甜蜜演技」。

（果然，照這樣下去不行……）

雪菜明白課題。

卻想不出解決方案。

應該說，她覺得越是思考，自己就離理想越遠。

還有另外一件事，一直掛在雪菜心上——

（為什麼我會對惠太學長說那種話……）

雪菜一回想起前些日子的約會最後，自己在他房間說的那些話，就不禁自我厭惡。

那真的太糟糕了。

完全就是在遷怒。

百分之百是自己不對。

內心再怎麼慌亂，也無法拿來當藉口。

「學長明明對我這麼好，這下肯定被他討厭了……」

她回想起當時的事，覺得自己的性格真是糟透了。

惠太人再怎麼好，都很有可能就此疏遠她。

在那之後兩人就沒見過面，暑假即將過半，更何況兩人本來就很少聯絡。

或者該說，雪菜根本沒有臉去主動聯絡惠太。

「唉……」

工作與私生活。

兩邊都想不到解決方案，只能不斷憂鬱嘆息——

「……看來病得不輕啊。還是去找她的王子談談吧。」

經紀人的自言自語，並沒有傳到不成熟女演員的耳中。

◇

「……唉。」

夏日假期某天晚上八點，惠太吃完晚餐，坐在客廳沙發上若有所思地嘆了一口長氣。

「哥哥？你怎麼在嘆氣啊？」

「又在煩惱新作設計？」

他抬起頭，發現姬咲和乙葉站在面前。

堂姊妹依序問道。

「其實前陣子，我把小雪帶回房間按摩，結果她中途生氣回去了。」

「咦!?按、按摩……哥哥，好大膽……」

「把女生帶回房還讓她生氣，你到底是玩得多激烈啊。」

「什麼玩，我就只是幫她按摩肩膀啊？」

「啊啊，胸部那麼大肩膀肯定很痠吧。」

「那是我無法明白的概念。」

身為國中生卻擁有傲人E罩杯的姬咲。

身為大學生卻是幼兒體型還擁有奇蹟般A罩杯的乙葉。

兩人身上流著相同血脈，卻出現了如此大的體型差異，只能說基因這東西，真的是蒙上一層神秘面紗。

（小雪當時，似乎是真的很煩惱……）

自己就沒有什麼能幫上忙的地方嗎？

惠太的工作是內衣設計師。

演技當然不會是他的強項，因此無從給予建議。

而他先前才學到，半吊子的鼓勵只會傷害到對方。

即使如此，他也不願眼睜睜地看著學妹為迷失道路所苦。

「要是我能像包覆G罩杯胸部的胸罩般支持小雪就好了……」

「哥哥又在胡言亂語了……」

「惠太腦袋有洞也不是一天兩天的事了……」

他這次症狀特別嚴重，使姊妹倆忍不住露出看著麻煩人物的眼神。

不過對家人說出「想成為胸罩支持他人」，會產生這種反應似乎也是理所當然。

「對了哥哥，能幫我把這個交給瑠衣姊姊嗎？」

「嗯？」

姬咲拿出一個包上保鮮膜的大盤子。

「這是晚餐的青椒肉絲。瑠衣姊姊最近都沒來吃飯呢。」

「啊啊，因為她忙著做角色扮演用的內衣。」

夏COMI即將開始。

而角色扮演服的準備似乎也漸入佳境，今年真凜似乎打算把澪跟泉也一起拉去參加。

真凜也有邀請惠太，不過考慮到雪菜的事，所以他暫時保留答覆。

「浜崎同學一集中精神就會忘記吃飯嘛。」

「為避免這種情況發生，哥哥去幫他送飯吧。」

「原來如此。」

這麼做確實合情合理。

自從瑠衣搬到隔壁，姬咲就經常關照瑠衣，也常邀她來家裡吃飯。

這主要是因為她剛進入RYUGU沒多久就病倒了。

這件事點燃姬咲心中的一把火，說什麼都不讓瑠衣再過著只吃便利商店便當的生活。

「只要有姬咲在，大家的健康就不會出問題了。」

「我也只能做到這些事而已。」

「什麼叫只能，妳擅長煮飯又愛照顧人，就連洗我的內褲也不會一臉嫌棄，我都想把妳取來當妻子了。」

「咦?妻、妻子……」

姬咲聽了滿臉通紅、扭扭捏捏。

認真說，每天幫忙煮飯的姬咲，對工作繁忙的惠太和乙葉而言，早已成為不可或缺的救命繩索。

姑且不論暑假，上學時她可是連便當也會幫忙準備。

將來要是有一個這麼可愛的妻子，在你工作結束時會迎接你回家，那當然是再好不過，肯定每一天都能過得充實美滿。

「喂，我才不會把姬咲交給你這種變態。與其讓給惠太不如我自己娶她。」

「姊姊!?」

乙葉抱住姬咲腰部，表示不會交出妹妹。

不過身高差使得乙葉反倒像是妹妹，整個畫面看上去像是小朋友抱住姊姊，顯得格外溫馨。

好了，家人互動就到這告一段落吧，差不多該把姬咲拜託的東西拿到隔壁了。

「那我去給浜崎同學送餐了。」

「嗯，拜託了。」

惠太起身，捧著接過來的盤子離開客廳。

接著穿過走廊，走到浦島家自豪的寬敞玄關。

他先將盤子放在一旁鞋櫃上穿鞋，此時口袋手機忽然傳出震動。

惠太拿起手機確認畫面，上頭顯示著最近才新增的人名……

「是柳小姐啊。」

進暑假前，兩人在學校停車場聊天時順便交換了聯絡方式。

惠太多少猜出對方想談什麼，於是按下通話鍵。

「是，我是浦島。」

『啊啊，真不好意思那麼晚打擾。現在有空嗎？』

「沒問題。有什麼事嗎？」

『我有事想跟你確認一下——你跟雪菜，最近發生些事情對吧？』

「果然是想談小雪的事啊……」

惠太想不到她還能為什麼事打過來。

從問題能夠看出，她似乎沒問過雪菜本人，估計是覺得雪菜似乎不太對勁，才會想過來打聽看看。

惠太想反正隱瞞也沒用，於是誠實以對。

「其實前陣子，我惹小雪生氣了。」

『小倆口吵架？』

「不，並不是。」

『那孩子其實很怕寂寞。個性上還多少有點傲嬌，常會擺出一副冷漠的態度，但只要一信任對方，就會不隱藏好感死黏著對方，你跟她相處得有耐心點。』

「就說不是了。」

分明沒有交往，卻莫名得到戀愛建言。

「是關於小雪的工作，我不小心多嘴了。」

『是這樣啊……』

「我聽說，小雪電影拍得不太順利。」

『……算是吧。』

柳沉默片刻後承認。

『話雖如此，雪菜還是有交出超過及格分的演技。就我來看，已經跟其他演員相當，甚至超越對方了。不過導演是非常講究的人，她才會陷入苦戰。』

「妳有把這段話跟小雪講嗎？」

『當然有——不過，雪菜她太過認真了。只要別人要求，她就非得拿出超越期待的成果。那孩子從童星時期就會主動練習，我很清楚她是發自內心喜歡演戲。她有才華，還願意嘔心瀝血鑽研演技，簡直就是完美。正是因為如此，我才不希望那孩子放棄演員這條路。』

「…………」

惠太聽了她這一席話後心想。

「難不成柳小姐……」

『嗯？』

「妳以前，曾經想當演員？」

『咦？為什麼……』

「沒為什麼，只是有這種感覺。」

從她的話中能夠感受到。

她對演技的熱愛，以及等量的憎恨。

面對這個問題，手機擴音器傳來了沉重的嘆息。

『跟你想的一樣，我出社會後，曾花了好幾年想成為演員。過去在戲劇社團被人誇獎有才能，讓我整個得意忘形了。我當時的確努力過，也有過不錯的機會。可是，不論我多麼熱愛演戲，演技天賦卻沒有眷顧我……總之，就只是我一廂情願罷了。』

「…………」

『若雪菜是討厭演戲才放棄，那我一句話都不會講。但她最喜歡演戲了，我才會想為那孩子的夢想加油打氣。』

這就是，她執著於長谷川雪菜的理由。

她不願看到熱愛演戲，也被演戲所愛的雪菜，因為被網友中傷而離開演藝界。

正因為柳知道一時之間遠離演藝工作的雪菜，心裡仍期望復出，才會不斷嘗試說服她。

『現在雪菜正在苦惱。她有著好幾年的空窗期，而這份工作也沒有輕鬆到一復出就能擺平——所以，現在正是她成長的大好機會。那孩子不只有這點能耐，她肯定能展現出足以令我和導演大吃一驚的演技。』

「柳小姐……」

她的熱情是貨真價實的。

從她的話中能感受出，她之所以不斷說服童星時期放棄演藝工作的雪菜回歸，就是因為比任何人都相信雪菜的才能。

『可以的話，我希望你也能在一旁支持那孩子。』

「可是，我可能被小雪討厭了……」

『這怎麼可能。雪菜她非常信賴你，平時都會開開心心地談論你的事情。這次只是她一時心情不佳，現在她八成後悔跟你吵架，然後邊泡澡邊開一人反省大會。』

「聽妳一說，我也覺得有這個可能。」

熟知雪菜的人這麼一講，確實很有說服力。

她可是那個曾在體育倉庫獨自吃飯的雪菜。

會在浴室開一人反省大會似乎也不足為奇。

「知道了。我會想想辦法，我也希望能幫助小雪。」

『那太好了。』

她的嚴肅聲調稍稍變得柔和些。

剛開始還以為她是個可怕的人，聊過幾次就對她完全改觀了。

她是個認真為雪菜將來著想的好經紀人。

『——不過，我得給你一個忠告。』

「什麼忠告？」

『你可別隨隨便便對雪菜出手。她才剛復出而已，要是鬧緋聞就傷腦筋了。』

與柳結束通話後，惠太將青椒肉絲交給瑠衣，向姬咲報告完，就回房間躺在床上。

「小雪果然很努力啊……」

長谷川雪菜是個專業的女演員。

她沒有因為自己有才華就安於現狀，而是持續精益求精。

現在惠太能夠明白，因為她認真面對工作，才會對惠太這個外行人的鼓勵感到生氣。

「與她相比，最近我都沒提交任何內衣設計……真是沒用……」

從先前就著手進行的新作設計幾乎沒有進展。

若要說進度有多麼糟糕，就是糟糕到他把工作時間都挪去寫暑假作業，現在甚至把作業寫完了。

當然，他並沒有中斷學習製作內衣……

回想起來，和雪菜一起去健身房揮灑汗水，似乎是他今年暑假過得最充實的時光。

「我也不擅長運動，不過陪她跑步確實很開心。」

早上慢跑、上健身房。

與她進行第二次約會，來當作是減肥成功的獎勵。

說起來，當假男友時的第一次約會，其實也玩得很開心。

「明明一開始只覺得她是個嘴巴壞又囂張的學妹。」

當時惠太確實是吃了那個巨乳學妹不少苦頭。她又是把人當擋箭牌，又是要求作出讓胸部看起來變小的胸罩。

不過——

「其實，我也很喜歡朝著目標努力的人。」

在這房裡幫雪菜按摩時，她曾這麼說過。

她說那些朝著目標努力的人很帥，且值得尊敬。

縱使有數年空窗期，仍憑實力贏得女主角寶座的學妹看起來十分耀眼，甚至令惠太為她感到驕傲。

「啊啊，對啊……」

惠太起身，走向書桌。

他坐在長年來支撐自己身體的椅子上，拿起平板電腦，打開工作用的程式。

「打從一開始，用自己的方式去支持她就好了嘛。」

惠太對演技一竅不通。

不過，他仍有能為她做的事。

「我可是專業的內衣設計師。」

說到製作女生內衣，自己不會輸給任何人。

他要運用至今累積起的經驗，搭配新學到的知識，來為學妹做件特別的內衣。

沒必要硬去做些辦不到的事。

只要用自己的方式，去支持那個努力的女生就好。

◇

「雖然有些突然，但我有事想拜託浜崎同學。」

「真的是很突然耶……」

現在位於浦島家玄關。

瑠衣穿著短褲跟短袖襯衫這樣輕便又富含魅力的打扮，背對著剛才關上的大門，並遞交手上的盤子。

「我只是來還昨天的盤子耶……」

「昨天的青椒肉絲如何？」

「很好吃。幫我向姬咲說聲謝謝。」

「瞭解，我會轉告她。」

惠太點頭並接過清洗乾淨的盤子說。

「然後，我有事想拜託浜崎同學。」

「怎麼了？又有什麼麻煩事？」

「其實我想幫小雪做件決勝內衣。」

「咦!?決勝內衣!?」

瑠衣大喊。

接著，如澪一般露出了看著垃圾的眼神。

「浦島，你……到底打算讓高一的年輕女生，穿上多麼下流的內衣……？」

「浜崎同學，妳在說些什麼啊？」

「你是不是打算做那種成熟姊姊穿的色情內衣?你這變態!淫魔設計師!!」

「浜崎同學，妳到底在胡說什麼啊？」

雪菜的確是個擁有超凡巨乳的高中女生。

可是，她要穿那種程度的色情內衣還嫌太早。

「其實，小雪她似乎正為工作的事苦惱。」

「咦，是這樣嗎？」

「她好像陷入嚴重低潮……我想為她做些什麼，但我對演戲一竅不通，沒辦法給什麼有用的意見……」

「所以要做決勝內衣？」

「嗯。浜崎同學跟我比賽時，不是也穿了決勝內衣嗎？」

「拜託你把那件事忘掉好嗎……」

那是浜崎瑠衣進入ＲＹＵＧＵ前的事。

她突然轉學過來向惠太宣戰，之所以提出設計比賽，是為了將惠太拉進自己父親經營的品牌。

結果發表那天，她竟然穿了中意的決勝內褲。

「被絢花掀裙子，差點哭出來的浜崎同學真的很可愛。」

「我不是叫你忘掉了!?」

「哪有可能輕易忘記。誰叫當時與我敵對的浜崎同學，竟然會穿我做的內褲。」

「原來浦島有點虐待狂傾向啊……」

「咦，是嗎？」

不過，現在浦島惠太是不是虐待狂已經不重要了。

惠太將盤子放在鞋櫃空出雙手，接著步步逼近毫無防備的瑠衣。

「咦？等等、太近了!?」

「拜託了，浜崎同學。要製作新內衣，就需要借助浜崎同學的力量。」

「浦島……」

「浜崎同學……」

「你靠那麼近好可怕，拜託先離遠點。」

「啊……」

當惠太回神，才發現自己正一邊說話一邊對瑠衣壁咚。

瑠衣似乎真心感到害怕，褐色臉頰微微泛紅。

惠太小聲對她說句「抱歉」，並回到原本站的位置。

「真是夠了……浦島每次找我都只會有麻煩事。」

「妳願意幫忙嗎？」

「我哪可能拒絕。我在這就是為了要把你的設計做出來。」

「浜崎同學……」

她充滿自信地笑說，看上去非常可靠。

雙方達成協議，褐色肌膚的少女便調頭打算回家。

「浦島你早點把設計完成。之前那件角色扮演內衣馬上就要完成了，一做好我就開始趕工。」

◆

「……嗯？嗯～？」

乙葉睜開眼睛，發現自己躺在自家客廳沙發上。

「我睡著啦……咦、都晚上了。」

客廳窗簾拉上，開著燈光，壁掛時鐘的時針指向晚上7點。

看來是因為冷氣調成適溫，室內太過舒服才會睡著。

「……肚子好餓。」

已經到了晚餐時間。

肚子發出悲鳴傾訴空腹，穿著和平時同一件便服的乙葉慢慢站起。

此時，她看到妹妹姬咲似乎在廚房做些什麼。

「啊，姊姊。妳醒啦。」

「哦～」

乙葉走向廚房尋求食物，而姬咲看到她便微微一笑。

這個妹妹真的跟笑臉和圍裙很搭。

「好香啊。」

「今天晚餐我做了天婦羅。」

「不錯耶～」

正如姬咲所述，廚房檯面上擺的大盤子，擺滿了剛炸好的天婦羅。

蝦子、茄子、色彩繽紛的南瓜，還有紅蘿蔔跟洋蔥的炸什錦，看得空腹的乙葉口水直流。

「能有這麼一個擅長做菜的妹妹，真是太幸福了。」

「欸嘿嘿。我也是，有這麼一個可愛的姊姊也很幸福♪」

妹妹的煮飯手藝非常了得。

不只美味，菜單還會考慮到家人健康。

她八成是把姊姊的家事才能全部吸走了。

肯定也順便吸走了胸部跟身高。

若非如此，就無法解釋兩人被相同雙親生下，為什麼體格會出現這麼大的差異。

乙葉從冰箱拿出礦泉水倒入杯子飲下，看向客廳。

「對了，惠太呢？」

「哥哥窩在房間工作喔。」

「那傢伙終於打開工作開關啦。」

「啊——其實……」

姬咲難得表現得吞吞吐吐。

「那個呀？哥哥激動地說，要為雪菜姊姊做出一件最棒的決勝內衣。」

「啥？決勝內衣？怎麼回事？」

「說是想用這件新作內衣，來為努力工作的雪菜姊姊加油打氣。」

「我越聽越不明白了。」

最棒的決勝內衣是什麼鬼。

還想用那個來給雪菜加油打氣。

說實話，乙葉完全不明白姬咲到底在說什麼……

「算了，如果是惠太應該沒問題。那傢伙只有在為了他人努力時才會做出最棒的東西。」

「我好期待哥哥做的決勝內衣喔。」

惠太雖然變態，不過乙葉十分信任他身為設計師的才能。

最近這陣子他都沒有提交設計圖，但只要一打開開關，就一定會在近期內做出非常出色的內衣。

「晚餐已經準備好了，要叫他嗎？」

「我是不想打擾他，不過難得有剛起鍋的天婦羅。」

「是啊。我們一起拿給他吧。」

「讓美女姊妹給他送晚餐，這傢伙可真是奢侈。」

讓剛起床的我做到這份上。

要是敢交出平庸的設計，就絕對饒不了你。乙葉一面將天婦羅裝盤，一面在心裡默默對惠太施壓。

◇

暑假進入尾聲，在八月下旬的某個晚上十點左右。

穿著洋裝的雪菜，正坐在飯店房間的椅子上複習劇本，準備隔天早上的拍攝。

「——我有句話，一直想對學長說。我有好幾次都想將這心聲傳達給你，卻膽怯到不敢開口……你願意聽我說嗎？」

這是故事最精彩的場面。

她唸著高潮戲的臺詞，嘆了一口氣。

「明天要正式上場……得演好才行……」

專業演員絕不允許失敗。

只要重拍，就會給其他演員跟工作人員添麻煩。

為了成功演出導演所追求的女主角，為了回報這個作品，以及為了期待這部電影的觀眾，必須得全力以赴。

明知道自己必須這麼做——

「嗚……完全不覺得能夠演好……」

雪菜靠在椅子上吐露洩氣話。

正如大家所見，長谷川雪菜的精神狀態早已瀕臨崩潰。

「一點自信都沒有，到底該怎麼辦……」

失敗了該怎麼辦？

要是給其他人添麻煩，他們因此對我失望該怎麼辦？

由於心靈變得脆弱，她腦中只剩下負面想法。

「童星時期，都沒發生過這種事……」

當時能夠無憂無慮地演戲。

只要站在鏡頭前，身體就自然動了起來，臺詞也講得非常流利。

過去閃閃發光的自己，以及現在丟人現眼的自己。

這個反差也是雪菜苦惱的主因之一。

「……唉。」

這陣子，嘆氣次數一口氣增加。

甚至可說是嘆氣過頭，搞得像是自己最近的個人興趣，若是要拍一臉憂鬱嘆氣的片段，鐵定能夠完美詮釋。

就在她想著這些蠢事時。

突然間，放在桌上的手機響起。

「是柳小姐嗎……？」

若是要談公事，就非接不可。

雪菜起身拿起手機，一看螢幕，上頭顯示的卻是意想不到的人名。

「……惠太學長？」

她頓時猶豫該不該接電話。

突然間打過來，也不知道該如何回話。

況且明天還有重要的工作。

現在心情都還沒沉澱下來。

就在她卯足全力找些消極藉口時，對方似乎終於放棄，來電鈴聲止息。

「呼……」

她暫時鬆一口氣。

但沒多久又響起了簡潔的通知鈴聲，是同一個人傳的訊息。

「這次又要幹麼……」

無視電話的罪惡感，使雪菜戰戰兢兢地看向螢幕。

一打開訊息，上面只顯示簡短訊息：『我現在在飯店前面。』這個驚人內容使雪菜不禁大吃一驚。

「咦!?不會吧!?」

她慌慌張張衝到窗邊，往下一望。

這個房間剛好位於飯店正面的五樓。

雪菜看到正下方步道有一個熟悉的人影，還像個小孩朝著她用力揮手。

「為什麼……」

他家距離這裡有一段距離。

坐電車轉乘大概得花兩個小時。

正因為有點遠，雪菜才會為了準備拍攝先住進飯店，沒想到之前有了心結的學長會突然出現。

這下子實在無法當沒看到。

雪菜坐立難安，只好主動打電話過去。

『──啊，小雪嗎?我正在飯店樓下──』

「你在那邊等一下!」

接通那瞬間，雪菜講完這句話就立刻掛斷。

她急忙披上放在沙發的單薄開襟衫，拿起房卡避免被反鎖，便奪門而出。

現在時間已晚，飯店走道上空無一人，雪菜直接衝進電梯。

下到一樓，跑出大廳，來到充滿潮濕熱氣的外頭。

飯店位於車站前，夜晚步道被高樓包圍。

眼前等待的人物，親暱地對她招手。

「嗨，小雪。太好了，幸好有趕上。」

「……為什麼學長會在這裡？」

「我向柳小姐打聽到的。她說妳今晚住在這間飯店。」

「你什麼時候跟柳小姐變這麼熟啊……」

雪菜完全沒料到，兩人會在私底下互相聯絡。

雖然有很多事想逼問他，不過現在——

「總之先到我房間。在這被人看到就慘了。」

現在雪菜沒有變裝。

而且沒有化妝，也沒戴無數度眼鏡。

無論從哪個角度看過去，都能看出她是女演員長谷川雪菜本人。

即使已經入夜，但難保被外人看到，現在才剛拿到電影工作，要是鬧出緋聞就糟了。

於是她一邊注意周遭，一邊將惠太拉進飯店。

雪菜將少見多怪地東張西望的學長塞進電梯，按下房間所在的五樓按鍵。

抵達五樓，她先確認過四下無人，才總算是成功將惠太帶回房間。

「……呼，幸好沒被人看到。」

「把男人帶進飯店房間，要是被週刊記者拍到肯定會出大事。」

「既然明白就拜託稍微思考後再行動好嗎……」

雪菜嘟嘴說，不過她並非真心生氣。

因為像是在做壞事的刺激感，讓她有些樂在其中。

每次都這樣。

跟眼前的學長說話，會讓雪菜覺得成天煩惱的自己簡直像個笨蛋。

「所以呢，你特地跑來這種地方，到底有什麼事？」

「啊啊，嗯。我有東西要給小雪。」

「要給我？」

「在那之前，能先等一下嗎？」

「嗯？怎麼了？」

「……」

學長忽然緘口不言，神情嚴肅地逼近。

「惠、惠太學長……？」

年輕男女於深夜飯店獨處。

在這情境下，惠太站在緊張到聲音顫抖的雪菜面前——

「失禮了。」

話剛說完，他便不加思索地掀起了學妹的洋裝裙子。

「……咦？」

雪菜因為太過震撼而腦袋當機，而惠太拉起裙子點頭說。

「嗯，是非常可愛的藍色內褲。」

「……惠太學長，你到底在做什麼？」

「好了，上面也讓我看一下。」

「等等!?」

才剛確認完內褲，他就把裙子再次往上拉到腹部，連上面的胸部也展露出來。

在無心理準備的狀況下被看到內衣，這衝擊大到雪菜臉頰紅到彷彿燒了起來。

「惠太學長!?你到底想做什麼!?」

「小雪，妳才是到底在想什麼？」

「什麼？」

「妳內褲是藍色，胸罩卻穿粉紅……穿上下不成套的內衣，妳都不覺得丟人嗎!?」

「又沒關係!?要怎麼穿是我的自由啊！」

害羞加上憤怒使她高聲大喊。

惠太這才終於將洋裝裙子放下。

「根據統計，的確有很多女生認為上下穿不成套的內衣也無所謂。因為每天穿成套內衣很麻煩。」

「這樣講是沒錯啦……被男生指正還真的有點不愉快……」

出乎意料地，女生其實不常穿成套內衣。

然而被男生指出這點，總覺得叫人難以接受。

「不過呢，無法妥善管理自己內衣的人──講直接點，我認為隨便穿內衣的人，工作肯定也很隨便！」

「什麼!?」

一瞬間，雪菜以為自己停止呼吸了。

隨便穿內衣的人工作一定也很隨便──

乍聽之下，會認為這是不知所云的神祕理論。

明明只是個不知所云的理論，卻有著不容忽視的說服力。

「明天，妳在海邊要拍重要片段對吧？」

「是啊……」

「妳是個女孩子，面對決戰時當然也要在內衣多下功夫啊？」

「就算是這樣，也拜託你不要突然檢查女生的內衣好嗎……我還以為你是想趁著獨處機會把我推倒……」

雪菜投以極其冷淡的眼神做為最低限度的抵抗。

做出這種惡行，就算被報警也無法有任何怨言。

「所以呢？你是為了說這些才特地跑來嗎？」

「當然不只是為了說這些。」

說完，惠太便從身上側背包取出紙袋。

「今天來，是為了把這個交給小雪。」

惠太將紙袋拿到雪菜面前，她接過紙袋並問道。

「這個是？」

「是決勝內衣。」

「什麼決勝內衣？」

說到決勝內衣，難道是——

「是、是色色的內衣嗎……？」

「不，不是指那方面的決勝。這是為了讓小雪振奮精神，以萬全狀態面臨挑戰才做的內衣。我把設計圖交給浜崎同學，今天傍晚才終於完成。」

「啊啊，所以才這麼晚過來……」

這似乎是為了即將拍攝重要片段的雪菜，所特地製作的內衣。

所以他剛才才會說「太好了，幸好有趕上」。

「我能看嗎？」

「當然可以。」

惠太乃是世間罕見的男高中生內衣設計師。

而他作出的內衣有多麼出色，雪菜早已親身體驗過，一聽到他帶來新作品，雪菜自然是滿懷期待。

更何況，這是為了自己設計出的作品——

「好美……」

首次在他人面前亮相的，是一件富含氣質的灰色胸罩。

風格與其說是可愛，更接近成熟沉穩。

材料上大量加入別出心裁的設計，且包括成套的內褲在內，觸感都滑順到令人吃驚。

「為什麼摸起來這麼滑順……」

「因為材質是用高品質的百分之百純蠶絲製成，觸感肯定是一等一的。」

「高品質純絲……這不是很貴嗎……」

「這應該是RYUGU史上從未見過的超高原價率，雖然是我要求用這個材料製作，但從浜崎同學那聽到價格時我也嚇傻了。」

「這樣沒辦法拿來賣吧。」

「是啊。乙葉也說，現在這樣絕對不可能做成商品。」

「出了肯定會虧死。」

無法獲得利益，就代表不適合拿來做成商品。

經營公司可沒有輕鬆到商品賠錢還能支撐下去。

「你明明還得設計新作，耗費精力做這種無法拿來當商品的內衣好嗎？」

「當然行——而且這個不是商品，是為了小雪而做的內衣。」

「什!?」

聽了這突如其來的發言，使得雪菜臉頰再次燥熱起來。

不論如何自圓其說，做出無法獲利的商品，便是枉為專業人士。

而他明知道這件內衣無法拿來成為商品，仍為了雪菜做出來。

這樣一份心意，令雪菜高興到差點落淚。

「…………為什麼……」

「嗯？」

「為什麼惠太學長，要對我這麼好？我……之前對學長說了那麼過分的話……」

「我沒有介意當時的事。任誰都會有想一吐心中不快的時候。」
「……那麼，學長並不討厭我嗎？」
「咦？我倒是從來沒想過這種事。」
「這樣啊……」
真的，成天煩惱的自己簡直像個笨蛋。
還以為自己無理取鬧惹惠太生氣，沒想到他本人絲毫沒有在意，這才讓雪菜放下心中大石。
她都快不記得，上次心情如此舒坦是什麼時候了。
這樣下去，怕是心情會表現在臉上，於是雪菜故意用冷淡態度接著說。
「連這種時候都想靠內衣解決，學長真的是內衣痴耶。」
「沒有啦，沒妳說的那麼好。」
「我沒在誇你……不過，真的是非常感謝。」
她將收到的內衣連同紙袋，如寶物般抱入懷裡。
「這下子，我得想辦法回禮才行。」
「咦？不用啦。我不是為了讓妳道謝才做這個。」
「不行。是我想要回禮。」
「咦——？」

「學長，你有什麼想要我做的事嗎？」

「嗯……」

惠太稍作沉思，接著抬起頭來，看似得出解答。

「那麼——既然機會難得，我想看妳穿這件內衣。」

「咦……？」

「這件內衣是我的得意之作，我一直期待妳穿上的反應。我是外人，拍攝時無法參與，希望妳能在這讓我看。」

「咦？現在穿嗎？」

「嗯。可以嗎？」

「咦咦～？嗚、嗚嗯……」

若是平時的試穿會也就算了，現在兩人在飯店獨處，在這情況下只穿內衣似乎不太妥當。

最重要的是一定會很害羞……

不過，雪菜是真心想回報惠太這麼晚還跑來見她的恩情——

「洗、洗澡……！」

雪菜稍作猶豫，最後做好覺悟，面紅耳赤地宣言道。

「先等我洗好澡可以嗎!?」

幾分鐘後，雪菜將洋裝和內衣脫下，在沐浴間淋浴。

「我到底在做什麼啊……」

其實在惠太來之前，她就已經洗過澡了，不過跑到飯店外時又稍微流了點汗。

難得要穿新內衣，還是希望能在萬全狀態穿上。

雖然她是因此才提出要洗澡……

「總覺得……讓男生等著自己洗好澡，該怎麼說……好像……」

好像是非常什麼什麼的情境。

身為一名正值青春年華的少女，在這狀況下不想入非非才顯得奇怪。

「惠太學長，會不會說我可愛呢……」

心中萌生出期待與不安。

這和面對拍攝時的感覺相似。

最近工作時心中總是充斥著不安，一點都不覺得開心……

而現在的自己，似乎變成了劇本中的女主角。

她的心情好久沒變得如此積極進取。

「學長只要能看到內衣就會樂上天……但我稍微抱有期待也沒關係吧……？」

雪菜關上熱水，看著鏡中映出的自己。

——嗯，很可愛。

學長身邊都是些有著犯規級可愛外貌的女生，不過自己也是個不輸其他成員的美少女。

「——好。」

雪菜走出沐浴間，拿毛巾擦乾身體，用吹風機吹乾頭髮，做足準備後，便將百分之百高級蠶絲製內衣穿上。

儘管這樣就準備完成，可是直接讓他看實在沒什麼新意。

反正都要穿內衣給他看了，那至少也要讓那個遲鈍的內衣笨蛋臉紅心跳才行。

雖稱不上是什麼應對策略，不過一點一滴露給他看似乎會比較好，於是她將飯店準備的浴袍披上，並回到房間。

「讓、讓你久等了……」

雪菜故作平靜，其實她已經緊張到尾音不自覺上揚。

接下來要穿內衣給學長看——

光是這麼想，她就害羞到臉蛋像被煮熟般通紅。

她將好不容易鼓起的勇氣做為燃料，心兒砰砰跳地尋找學長身影——

「……咦？惠太學長？」

為什麼不在？

學長剛才還在房間裡，現在竟然找不著人。

雪菜歪頭深感困惑，並移動到房間中央，卻在意想不到的地方發現目標人物。

「呼——呼——」

「真的假的……這人，竟然睡死了……」

誠如各位所見，浦島惠太睡死了。

他躺在軟綿綿的沙發上睡著，還非常愜意地打呼。

「是學長說想看我才特地跑去洗澡耶……」

雪菜小聲抱怨避免吵醒他。

分明覺得生氣，不過看著他幸福的睡臉，雪菜表情便自然變得柔和。

「真的是拿他沒辦法……」

照過往經驗來看。

學長為了趕上拍攝，肯定是廢寢忘食趕工才做出內衣。

「…………」

雪菜拿下眼鏡這個惠太的標誌配件，溫柔地摸摸他的頭。

「晚安，惠太學長。」

讓男生睡在同個房間實在是不合常理，但今天就特別放過他吧。

時間已經到了晚上十一點。

雪菜將取下的眼鏡放在桌上，自己也躺上床。

接著按下枕邊的電燈開關。

「是說這件內衣，穿起來真的好舒適……不愧是百分之百蠶絲……」

高價材質果然不同凡響。

雪菜的胸部彷彿被幸福所包覆。

「這麼說來，灰色似乎有放鬆心情的功效……」

她想起惠太曾經說過的話。

看來製作這件內衣時活用了他在暑假所學的知識。

「……好睏……」

或許是因為灰色內衣有著放鬆的功效吧。

這陣子因為壓力導致一直偷閒的睡魔，轉眼間就把雪菜的意識帶入夢鄉。

◇

「那麼雪菜。請妳做準備。」

「好的。」

拍攝當天早上，雪菜遵照導演指示就位。

今天要拍的是劇情的最高潮。

也就是女主角背對夏天的大海，對主角傳達心意的片段。

站在她眼前的是飾演主角的年輕演員，兩人服裝都是高中夏季制服，男主角穿著平凡無奇的學生制服。

雪菜則是穿著耀眼的水手服。

（身上穿的決勝內衣，請把勇氣借給我……）

她閉上雙眼，雙手放在胸前，彷彿是在祈禱。

接著，導演指示開始拍攝——

這一天的雪菜，完全投入到角色裡，連她自己都覺得不可思議。

但她或多或少明白理由。

因為她終於察覺，這個角色（女主角）就是現在的自己。

女主角的人物設定——是個早就已經喜歡上對方卻不願承認，導致心意無法傳達出去的女生，就跟某人一模一樣。

（怪不得我再怎麼努力，都沒辦法演好……）

不論自己多麼想投入角色都不會有用。

因為現在雪菜所需要的並非演技，而是承認心中戀情，並把這份心意在舞臺上加以昇華。

光是她想要扮演別人時，就已經脫離角色本質了。

就簡單暴力的結論來說，不要入戲，才是這次工作的「正確答案」。

（現在的我真是沒資格當女演員……）

絕不能讓他人察覺，正在對著男主角告白的自己，心裡卻想著其他異性。

（我果然，喜歡惠太學長。）

我再也無法欺騙自己了。

打從在學校被服準備室，第一次穿上他做的內衣時。

從他對我說出溫柔話語的那一剎那，學長就已經成為自己心中無可取代的人了。

（——啊啊，這部電影一定能成為傑作。）

拍攝進入尾聲。

雪菜向主角表達心意的那個瞬間，眾人就如此肯定，因為她的演技就是如此精湛。

◆

「……咦？這裡是……」

惠太從飯店房間的沙發上起身，戴上放在桌子的眼鏡，確認手機時間。

「已經過中午了……」

沒想到已經過了正午。

這陣子都專注在設計上，如今一休息，就讓惠太足足睡了超過十小時。

「……嗯？」

擺著眼鏡的桌上，有某樣東西吸引到他的目光。

上面留了一張小字條，上頭以美麗字跡寫著『給貪睡鬼：請留在這等我工作結束。雪菜留』。

還貼心地留下這個房間的房卡。

這麼做或許為了方便讓惠太出去買食物吧。

「那我就不客氣了，先去趟便利商店吧。」

睡那麼久，肚子整個餓扁了。

惠太先上完廁所，一臉神清氣爽地走出房間。

他循著昨晚記憶走向梯廳，當電梯開門時，雪菜從裡面走出——

「啊……」

她一見到惠太，就像隻發現飼主的大型犬般撲上去。

「惠太學長！」

「哦。」

雪菜親暱地擁抱惠太，而惠太則是急忙接住她。

儘管那壓倒性的雄偉上圍，或者說是胸上的豐碩果實，總之就是乳房直接貼著惠太，雪菜也毫不在意地微笑說：

「早安，貪睡鬼。」

「早安，小雪。」

她抱著對方並打招呼。

「拍完了對吧？結果如何？」

「很完美！導演不停誇我呢！」

「那太好了。」

最終片段似乎拍得非常成功。

看著學妹欣喜的笑臉，讓惠太也忍不住開心起來。

「是說，那個……可以的話能拜託妳先鬆手嗎……」

「咦——？這麼可愛的前女友抱住你，就不能表現得開心點嗎？」

「就算是前女友，也只是偽裝的戀人關係吧。」

「就我個人而言……就算要真的成為戀人也沒問題喔……」

「咦？」

她這句臺詞越說越小聲，到最後整個聽不清楚。

「總之，拍攝順利真是太好了。」

「是啊，這都多虧了惠太學長送的決勝內衣。」

「那麼有效我也感到開心。」

不枉費自己通宵趕工。

這還得多虧有個優秀的打版師，只花一天時間能將前天深夜交出的設計圖做出成品。

「我終於發現了。只要不逞強、老實面對自己的心意並運用在演技上就好了。我用這種方式去演，結果變得非常順利。」

「是這樣啊。」

這應該是日復一日地練習，已經讓她打好了演技基礎。

如今加上一個小小的契機，終於使她的演技開花結果。

「而且，我還發現了另一件事……」

「嗯？什麼事？」

「在那之前，能拜託學長稍微蹲下嗎？」

「嗯？可以啊。」

惠太雖不解，仍照著她的意思去做。

或許是她不希望被別人聽到，才想在耳邊悄悄說，而站在身旁的雪菜慢慢靠近惠太的臉——

然後，將脣瓣貼在惠太臉頰上。

「……咦？」

當惠太瞭解狀況時，她早已離開。

狀況太過驚人，令惠太只能呆呆地看著學妹走到他的正面。

「小雪，剛才那是……」

「……就跟你看到的一樣。」

學妹羞得臉頰泛上一抹桃紅，並露出了不帶一絲迷惘的迷人笑容向他告白：

「我，似乎喜歡上惠太學長了。」

終章

「——哎呀？」

暑假結束，開學第一天的放學後，絢花走進被服準備室訝異地說。

身穿夏季制服的惠太、澪、雪菜在房裡圍繞桌子坐下，令絢花在意的是其中兩人。

坐在老位置的惠太。

以及坐在他身旁，緊抱住惠太手臂的雪菜。

這景象實在罕見，使得金髮學姊不禁大吃一驚。

「才一陣子沒見，你們感情就變這麼好呀？」

「啊哈哈，算是吧……」

「唔唔？」

長年與惠太相處的兒時玩伴，察覺到一絲異變。

絢花眉頭深鎖，以打探眼神指向惠太。

「難道說，你們發生了些什麼？」

「呃——這個嘛……」

「看你這不乾不脆的反應……肯定是發生什麼事情對吧。」

一見惠太語塞，絢花就如此斷定。

此時身旁這位抱住惠太手臂的長谷川雪菜，代替拖泥帶水的惠太回答絢花問題

——

「我向惠太學長告白了。」

「這樣啊，告白……咦?告白!?」

聽見這意想不到的情報，使絢花再次瞪大雙眼。

「告白了?雪菜同學對惠太?」

「是啊。我在前陣子，對惠太學長說喜歡他。」

「到底是什麼時候發生的……」

「暑假期間發生了不少事。」

就連惠太自己，都不敢相信會有這種事情。

他做夢也沒想到，長年以來一心一意專注在內衣的自己，竟然會被女生告白，而且對方還是個現正當紅的女演員，這使他更加不敢相信這一切是真的。

「我剛才聽到時，也是嚇了一跳。」

坐在惠太對面，一直保持沉默的澪吐露感想。

「是啊……其實我也是難掩震驚……」

絢花杵在門前，說出心中疑問。

「那麼，難道說……你們倆決定交往了？」

「不，還沒有那個打算……我跟雪菜都有工作要忙，所以我想先考慮一下。」

「這樣啊……」

絢花手放在她小小的胸部前，看似鬆了一口氣。

而事件中心人物雪菜，則完全沒看到學姊的舉動，反而更進一步示好。

「對了，惠太學長。我前陣子拍了你送的內衣照片，看起來如何？」

她亮出手機畫面，上頭顯示的是雪菜穿著灰色內衣，一臉害羞地在自己房間拍的照片。

「呃……非常好看。」

「謝謝誇獎♪」

「呃、嗯……」

惠太不禁被她的耀眼笑容所震撼。

沒想到那個毒舌學妹會變得如此可愛……

而且，還拿出穿著內衣的自拍照給自己看……

（戀愛真是太驚人了……）

惠太當然不討厭被她主動示好。

但老實說，學妹轉變之大，確實是嚇得他瞠目結舌。

先前她的經紀人曾說「雪菜只要一信任對方，就會不隱藏好感死黏著對方」，沒想到那並非譬喻。

「那個，小雪？」

「怎麼了？」

「小雪是個藝人，妳可要當心別讓這種圖片外流。」

「不用擔心，我才不會給學長以外的人看到♡」

「這、這樣啊……」

她再次展露耀眼笑容，看得惠太有些害羞。

坦率的學妹太過可愛，讓他有些招架不住，不知如何是好。

「居然連那個浦島同學都難以招架……」

「原來雪菜同學一戀愛就會變成這樣啊……」

澪和絢花都對雪菜的變化感到訝異，但又不知該如何應對，只好拉開距離觀察。

「這下子……我也沒辦法悠哉旁觀了……」

「嗯？絢花？」

事件就發生在這個時候。

就在惠太眼角瞥到絢花小聲碎念之後。

「──浦島！！」

「咦？浜崎同學？」

突然間，準備室的門被用力打開，有著耀眼褐色肌膚的浜崎瑠衣衝進室內。

肩上背著學生書包，手裡拿著手機，短裙好似魅惑人心般搖曳的她，露出一副驚慌失措的模樣──

「妳怎麼了，浜崎同學？怎麼慌得像是綁繩內褲繩子被解開的樣子。」

「咦？所以浜崎學姊，妳現在沒穿內褲嗎？」

「並沒有，而且我根本沒穿綁繩內褲！」

瑠衣氣喘吁吁地吐槽道。

她臉上冒出汗珠，看起來是用跑的過來，究竟發生什麼事能讓她慌成這樣啊？

「總之先聽我說，拜託你保持鎮定……」

「嗯？嗯……」

「剛才，爸爸聯絡我……」

「悠磨先生？」

現在瑠衣獨自生活，還正好跟惠太住在同一棟公寓。

父親擔心女兒而主動聯絡，應該是沒什麼好稀奇的才對……

「浦島你，好像變成我的婚約對象……」

「……什麼？」

霎時間，現場氣氛瞬間凝結。

這發言大概比現場所有人預想得還要誇張十倍左右，別說是惠太，連其他人聽了也僵在原地——

而嚇得失魂落魄的瑠衣根本沒發現眾人反應，接著說了下去：

「我們倆，將來好像要結婚……」

後記

※後記會有故事暴雷，還沒看過本集內容的讀者請注意。

非常感謝您購買《內衣女孩任你擺布3》。

這集是雪菜的回合，所以把雪菜的篇幅加好加滿，再提高了戀愛喜劇的比例，大家看得還滿意嗎？

我個人印象最深刻得，果然還是雪菜胸罩前扣彈飛的橋段。

打從在第一集讓前扣式胸罩登場時，我就想終有一天要寫出前扣彈飛的劇情，如今美夢終於成真了。

難以招架過大胸部而損壞的胸罩。

整個畫面被男生看見而害羞的女生。

這一連串流程甚至能讓人感受形式美。

雖然老套，但這是描寫巨乳女主角時一定會出現的劇情。

另外，我還想為封面上身穿運動服裝的雪菜乾杯。

巨乳和運動胸罩的組合真是太棒了，那個在衣服間會不經意窺見的肚臍，為什麼會如此富有魅力？

正因為是不經意窺見，才顯得更加吸睛，甚至比看到全裸還興奮，會這麼想的應該不只有我才對。

這一次，作品時間正好進入夏天，所以女主角們就被作者的慾望所驅使，穿上了可愛的泳裝。

能夠畫出如此美好的彩圖，實在是感激不盡。

不過我經常在想，內衣不能給人看，但泳衣可以，這到底是基於怎樣的標準？兩者布料面積分明相同，這實在是太神秘了。

不知道有哪位能對我這個疑問提出強而有力的論述，還請務必予以指教。

說著說著，後記的篇幅就要填滿了。

在這集，其中一位女主角對主角告白，相信會使戀愛喜劇進入白熱化，希望各位讀者繼續關注後續發展。

那麼，我們第四集再會。

花間燈

浮文字

內衣女孩任你擺布(03)

（原名：ランジェリーガールをお気に召すまま3）

作者／花間燈　封面插畫／Ｓｕｎｅ　譯者／蔡柏頤
執行長／陳君平　榮譽發行人／黃鎮隆
協理／洪琇菁　國際版權／黃令歡、高子甯
執行編輯／丁玉霈　美術編輯／方品舒
出版／城邦文化事業股份有限公司　尖端出版
台北市中山區民生東路二段一四一號十樓
電話：（〇二）二五〇〇七六〇〇　傳真：（〇二）二五〇〇二六八三
E-mail：7novels@mail2.spp.com.tw
發行／英屬蓋曼群島商家庭傳媒股份有限公司城邦分公司　尖端出版
台北市中山區民生東路二段一四一號十樓
電話：（〇二）二五〇〇—七六〇〇（代表號）
傳真：（〇二）二五〇〇—一九七九
中部以北經銷／楨彥有限公司
電話：（〇二）八九一九—三三六九
傳真：（〇二）八九一四—五五二四
雲嘉經銷／智豐圖書股份有限公司　嘉義公司
電話：（〇五）二三三—三八五二
傳真：（〇五）二三三—三八六三
南部經銷／智豐圖書股份有限公司　高雄公司
電話：（〇七）三七三—〇〇七九
傳真：（〇七）三七三—〇〇八七
一代匯集／香港九龍旺角塘尾道六十四號龍駒企業大廈十樓B&D室
電話：（八五二）二七八三—八一〇二
傳真：（八五二）二七八二—一五二九
馬新經銷／城邦（馬新）出版集團　Cite(M)Sdn.Bhd.
E-mail：Cite@cite.com.my
法律顧問／王子文律師　元禾法律事務所
台北市羅斯福路三段三十七號十五樓
二〇二四年二月一版一刷

■中文版■

郵購注意事項：
1.填妥劃撥單資料：帳號：50003021戶名：英屬蓋曼群島商家庭傳媒(股)公司城邦分公司。2.通信欄內註明訂購書名與冊數。3.劃撥金額低於500元，請加附掛號郵資50元。如劃撥日起 10～14日，仍未收到書時，請洽劃撥組。劃撥專線TEL：(03)312-4212 ‧ FAX：(03)322-4621。E-mail：marketing@spp.com.tw

國家圖書館出版品預行編目資料

內衣女孩任你擺布 / 花間燈 作 ; 蔡柏頤 譯.--1版.
--臺北市：尖端出版, 2024.02
面 ; 公分.--(浮文字)
譯自:ランジェリーガールをお気に召すまま3
ISBN 978-626-377-501-5(第3冊 : 平裝)

861.57　　112019449